生活·认知·成长
青春励志故事

生活·认知·成长
青春励志故事

科罗拉多的月光

品味卷

杨晓敏◎主编

地震出版社

图书在版编目（CIP）数据

科罗拉多的月光：品味卷／杨晓敏主编．—北京：地震出版社，2012.3

（生活·认知·成长青春励志故事）

ISBN 978-7-5028-4029-7

Ⅰ.①科…　Ⅱ.①杨…　Ⅲ.①短篇小说－小说集－中国－当代

Ⅳ.①I247.7

中国版本图书馆 CIP 数据核字（2012）第 029795 号

地震版　XM2648

科罗拉多的月光——品味卷

主　　编：杨晓敏

执行主编：马国兴　王彦艳

责任编辑：范静泊

责任校对：孔景宽　凌　樱

出版发行：地震出版社

北京民族学院南路 9 号　　邮编：100081

发行部：68423031　68467993　　传真：88421706

门市部：68467991　　传真：68467991

总编室：68462709　68721982　　传真：68455221

E-mail：seis@mailbox.rol.cn.net

http：//www.dzpress.com.cn

经销：全国各地新华书店

印刷：北京振兴源印务有限公司

版（印）次：2012 年 5 月第一版　2012 年 5 月第一次印刷

开本：710×1000　1/16

字数：207 千字

印张：15

书号：ISBN 978-7-5028-4029-7/I（4704）

定价：28.00 元

序

杨晓敏

好书是具有生命力的。一本好书，我们拿在手上，揣在兜里，或者放在枕边，会感觉到它和我们的心一起跳动。在日常的学习生活中，我们每天都在用最经济的时间、精力和财力，收获着超值的知识、学问和智慧，于是我们自己，就在一天天地充实厚重起来。

优秀的短篇小说，就是这样的好书。它是顺应现代人繁忙生活而发展成的一种篇幅短小的小说。跟一般小说一样重视场景、个人形象、人物心理、叙事节奏。优秀的作者可写出转折虽少却意境深远，或转折虽多却清新动人的作品。

现在，许多优秀的作者舒展超感的心灵触觉，用生花的妙笔，把小小说从文学神坛上牵引下来，在我们广大读者面前，展现出一幅幅五颜六色的生活画卷，或曲折离奇，或险象环生，或嬉笑怒骂，或幽默诙谐。于是，阅读一本小小说，就成了繁忙生活的轻松点缀，紧张学习的有效调剂，抹平了你我微皱的眉头，漾起了会心一笑的嘴角。

我们精心编选的这套“生活·认知·成长青春励志故事”小小说丛书，每一辑都包含了“悟性”“创意”“想象”“品味”“风尚”“情愫”六卷，并围绕这六个主题，选取当代国内知名作家的精品力作，各自汇编成书，具有强劲的文学感染力。篇篇都耐人寻味，本本都精挑细选，既是青少年认识社会的窗口、丰富阅历的捷径，又堪称写作素材的宝典。作品遴选在注重情节奇巧跌宕，阅读效果峰回路转、柳暗花明的同时，注重价值取向，旨在引导青少年全面、客观地认识社会，开阔视野和胸怀，提高综合素质，进而确立正确的人生观、价值观。

在这套书里，我们推荐给青少年读者的是充满活力的大众文化形态的小小说佳品荟萃。所选择的作品，尽量体现质朴单纯，而质朴不是粗硬，单纯不是单薄；体现简洁明朗，而简洁不是简单，明朗不是直白。它们是理性思维与艺术趣味的有机融合，是人类智慧结晶的灵光闪烁，是春风化雨滋润心灵的真情倾诉，是鲜活知识枝头的摇曳多姿，是青少年读者嗅得着的缕缕墨香。

知识没有界线，可以人类共享，只要是具有优良质地的文化产品，都能互补、渗透、影响和给人以启迪。任何一粒精壮的知识种子，播撒在人们的心灵深处，都会开出艳丽的花朵，结成高尚的果实。

青年出版家尚振山先生以极大的热情，独到的眼光，精心策划了这一套“生活·认知·成长青春励志故事”丛书，我和同仁马国兴先生、王彦艳女士应邀参与编纂，当然也愿意大力推荐给广大青少年朋友们。

2012 年春

科罗拉多的月光 contents 目录

市井人物

〇冯骥才

泥人张

手艺道上的人，捏泥人的“泥人张”排第一。而且，有第一，没第二，第三差着十万八千里。

泥人张大名叫张明山，咸丰年间常去的地方有两处。一是东北城角的戏院大观楼，一是北关口的饭馆天庆馆。坐在那儿，为了瞧各样的人，也为捏各样的人。去大观楼要看戏台上的各种角色，去天庆馆要看人世间的各种角色。这后一种的样儿更多。

那天下雨，他一个人坐在天庆馆里饮酒，一边留神四下里吃客们的模样。这当儿，打外边进来三个人。中间一位穿得阔绰，大脑袋，中溜个子，挺着肚子，架势挺牛，横冲直撞往里走。站在迎门桌子上的“撂高的”一瞅，赶紧吆喝着：“益照临的张五爷可是稀客、贵客，张五爷这儿总共三位——里边请!”

一听这喊话，吃饭的人都停住嘴巴，甚至放下筷子瞧瞧这位大名鼎鼎的张五爷。当下，城里城外气最冲的要算这位靠着贩盐赚下金山的张锦文。他当年由于为盛京将军海仁卖过命，被海大人收为义子，排行老五，所以又有“海张五”一称。但人家当面叫他张五爷，背后叫他海张五。天津卫是做买卖的地界儿，谁有钱谁横，官儿也怵三分。可是手艺人除外。手艺人靠手吃饭，求谁？怵谁？故此，泥人张只管饮酒、吃菜，西瞧东看，全然没把海张五当个人物。

但是不一会儿，就听海张五那边议论起他来。有个细嗓门儿的说："人家台下一边看戏，一边手在袖子里捏泥人。捏完拿出来一瞧，台上的嘛样，他捏的嘛样。"跟着就是海张五的大粗嗓门儿说："在哪儿捏？在袖子里捏？在裤裆里捏吧！"随后一阵笑，拿泥人张找乐子。

这些话天庆馆里的人全都听见了。人们等着瞧艺高胆大的泥人张怎么"回报"海张五。一个泥团儿砍过去？

只见人家泥人张听赛没听，左手伸到桌子下边，打鞋底下抠下一块泥巴。右手依然端杯饮酒，眼睛也只瞅着桌上的酒菜，这左手便摆弄起这团泥巴来，几个手指飞快捏弄，比变戏法的刘秃子的手还灵巧。海张五那边还在不停地找乐子，泥人张这边肯定把那些话在他手里这团泥上全找回来了。随后手一停，他把这小泥团往桌上"叭"地一戳，起身去柜台结账。

吃饭的人伸脖一瞧，这泥人真捏绝了！就赛把海张五的脑袋割下来放在桌上一般。瓢似的脑袋，小鼓眼，一脸狂气，比海张五还像海张五。只是只有核桃大小。

海张五在那边，隔着两丈远就看出捏的是他。他朝着正走出门的泥人张的背影叫道："这破手艺也想赚钱，贱卖都没人要！"

泥人张头都没回，撑开伞走了。但天津卫的事没有这样完的——

第二天，北门外估衣街的几个小杂货摊上，摆出来一排排海张五泥像，还加了个身子，大模大样坐在那里，而且是翻模子扣的，成批生产，足有一二百个。摊上还都贴着个白纸条，上边使墨笔写着：

贱卖海张五

估衣街上来来往往的人，谁看谁乐。乐完找熟人来看，再一块儿乐。

三天后，海张五派人花了大价钱，才把这些泥人全买走，据说连泥模子也买走了。泥人是没了，可“贱卖海张五”这事却传了一百多年，直到今儿个。

张大力

张大力，原名叫张金璧，津门一员赳赳武夫，身强力蛮，力大没边，故称大力。津门的老少爷们儿喜欢他，佩服他，夸他。但天津人有自己夸人的方法。张大力就有这么一件事，当时无人不晓，现在没人知道，因此写在下边——

侯家后一家卖石材的店铺，叫聚合成。大门口放一把死沉死沉的青石大锁，锁把儿也是石头的。锁上刻着一行字：

凡举起此锁者赏银百两

聚合成设这石锁，无非为了证明它的石料都是坚实耐用的好料。

可是，打石锁撂在这儿，没人举起过，甚至没人能叫它稍稍动一动，您说它有多重？好赛它跟地壳连着，除非把地面也举到头上去！

一天，张大力来到侯家后，看见这把锁，也看见上边的字，便俯下身子，使手问一问，轻轻一撼，竟然摇动起来，而且赛摇一个竹篮子，这就招了许多人围上来看。只见他手握锁把儿，腰一挺劲，大石锁被他轻易地举到空中。胳膊笔直不弯，笑容满面，好赛举起一大把花儿！

众人叫好呼好喊好，张大力举着石锁，也不撂下来，直等着聚合成的伙计老板全出来，看清楚了，才将石锁放回原地。老板上来笑嘻嘻说：

“原来张老师来了，快请到里头坐坐，喝杯茶！”

张大力听了，正色说："老板，您别跟我弄这套！您的石锁上写着嘛，谁举起它，赏银百两，您就快把钱拿来，我还忙着哪！"

谁料聚合成的老板并不理会张大力的话。待张大力说完，他不紧不慢地说道："张老师，您只瞧见石锁上边的字了，可石锁底下还有一行字，您瞧见了吗？"

张大力怔了。刚才只顾高兴，根本没瞧见锁下边还有字。不单他没瞧见，旁人也都没瞧见。张大力脑筋一转，心想别是老板唬他，不想给钱，以为他使过一次劲，二次再举不起来了。于是上去一把又将石锁高高举到头顶上，可抬眼一看，石锁下边还真有一行字，竟然写着：

唯张大力举起来不算

把这石锁上边和下边的字连起来，就是：

凡举起此锁者赏银百两，唯张大力举起来不算！

众人见了，都笑起来。原来人家早知道唯有他能举起这家伙。而这行字也是人家佩服自己，夸赞自己——张大力当然明白。他扔了石锁，哈哈大笑，扬长而去。

变味儿

○赵　新

何记增是在那座陌生的城市认识郑记增的。何记增从冀西山区来，郑记增从豫中平原来。两个45岁的出门打工的汉子走到了同一个工地，又鬼使神差地住进了同一个工棚。初来乍到，何记增牢牢地记着媳妇儿“出门在外，多多忍耐；闲事少管，落个自在”的嘱咐，对谁都是不冷不热，不好不坏；该起就起，该睡就睡，该干活就老老实实地干活。不知从哪天起，那个名字叫做郑记增的人引起了他的注意。那汉子个头不高，身体精壮，那颗光头又明又亮，能照花人的眼睛。何记增还注意到，这位小个头的郑记增的脸上时时刻刻挂着微笑，时时刻刻热情洋溢，时时刻刻都在忙活：他跑来跑去给工友们打洗脸水、洗脚水，帮助工友们打饭打菜，刷洗碗筷；他打扫工棚，整理内务，清扫院落；他还带着针线，不管谁的衣服破了，他拉住人家就给缝缝补补，那双粗糙坚硬的手很灵巧，竟能飞针走线，活儿干得跟女人一样漂亮！有了这么个人，工棚里就有了家的气息、家的温暖，就有了亲情友情、其乐融融的感觉了。

大家都很喜欢郑记增，经常抚摩着他的光头称呼他“灯泡”；何记增却和他保持着一定的距离，保持着心灵深处的冷漠。何记增想，都是出门打工的男人，都是风吹雨打累死累活，“灯泡”为什么表现得这样真诚殷勤、这样友好热情呢？他一定有求于人，有求于我……

有了这种想法之后，何记增就特别关注郑记增的一言一行，留心他和工友们表面上说些什么、背地里做些什么，等着有朝一日抓住他的“把柄”。然而等着等着，郑记增出事了。那天高高的脚手架上掉下来的一摞红砖，眼看就要砸在何记增的身上，站在旁边的郑记增迅猛地推开了站在他面前的何记增。他自己却受了重伤，被砸昏在那里！

何记增跑到医院，伏在郑记增的病床上，号啕大哭。

郑记增很吃力地说：何大哥，我没事，我这不是做过手术了么？

何记增呜呜咽咽地说：兄弟，你这是救了我一条命，救了我一个家！你要不猛地推那一把，挨砸的是我，我那时候恰恰没戴安全帽！

郑记增说：我这不是应该的么？咱能走到一起，这是缘分；你叫何记增，我叫郑记增，这是缘分！缘分加缘分，咱就是亲弟兄了。亲弟兄还分什么你和我呢？

何记增要给郑记增留些医药费，郑记增不要；何记增要给郑记增买些营养品，郑记增不让；何记增要求留在医院伺候郑记增几天，郑记增不留。何记增跪在地上说：兄弟，这不要那不让，你这不是难为我么？你叫我怎么报答你的救命之恩？

郑记增说：大哥，你这不是难为我么？你不要小看了我，兄弟嘛，就该这样。

话说到这里，何记增从心里感到自己错了。从前错了，现在也错了！

郑记增从医院回到工地以后，一如既往地热情洋溢，满脸微笑；一如既往地跑前跑后，为工友们忙忙活活；一如既往地整理内务，清扫院落；一如既往地缝缝补补，干出一手很漂亮的针线活。而何记增却在暗暗落泪：他从工友们的嘴里知道了底细，郑记增的女人已经在 18 年前因病去世。现在家里有 3 口人，一位是年逾古稀白发苍苍的母亲，一位是正在读大学二年级的女儿。

何记增想，郑记增啊郑记增，风风雨雨 18 年，你是怎么熬过来的呢？你是个顶天立地的男人，让人敬佩！

那天晚饭之后，何记增特地把郑记增约了出来，坐在一个远离工地的小公园里。

何记增开门见山地说：大哥，我要给你介绍一个女人。这个女人是我的表妹，在我老家种地，38 岁，带着一个 10 岁的男孩儿。

郑记增感到十分突然：兄弟，你让我想想，你让我有个思想准备……

何记增说：你不用想，你不用准备，我说行就行！我这个表妹善良贤惠，泼辣能干。和你成为夫妻，是她的福气，也是你的福气，再般配不过！大哥，你还不相信我吗？

郑记增说：兄弟，你让我怎么感谢你？咱们两个一个河南一个河北……

何记增说：我的命都是你给的，你还感谢我？我要是女人，早嫁给你啦！

郑记增要请何记增吃顿饭，何记增不去；郑记增要给何记增买两条香烟，何记增不让。何记增说：大哥，你不要小看了我，兄弟嘛，就该这样。我马上安排你们见面，让你看看我这个表妹到底可以不可以。

半年之后，郑记增高高兴兴回家成亲去了，何记增高高兴兴回家过年去了。媳妇问何记增：你给那个姓郑的办这么大的事，他给了咱多少钱？他救了你一条命，咱给了他一个家，他也没有表示表示？

何记增打个愣怔：哦？

媳妇儿说：他用一个换了咱们两个，他便宜占大了！

何记增疑惑了：媳妇儿，这账能这样算么？

媳妇儿说：咋不能这样算？他们要再生个娃儿，不就换了咱们 3 个？要生对双胞胎，不就换了咱们 4 个？

这个年何记增没有过好，老是抽烟，老是睡不着觉，老是考虑那“3 个”“4 个”的问题。有天晚上吃饭的时候，他和媳妇儿说：你给我准备准备，明天我到河南去一趟，看看郑记增去！

媳妇儿笑了：你去跟他要钱？你不用张嘴要，就说咱们家要盖新房，看他怎么着！

何记增说：我告诉你，我是想他，我是非常想他！这盘菜是哪天做的？怎么酸了，变味儿了？

记忆力

○申　平

这帮老人家都已年过六旬了，这日却突发奇想，要搞小学毕业50周年同学会。

50年，整整半个世纪。岁月的风霜早已染白了他们的头发，揉皱了他们的面庞，如今他们再见面，彼此还能认得出来吗？他们是否把珍贵的少年时期的友谊埋藏心底？

于是就打电话、发通知，足足折腾了半个月，还真的把人给弄齐了。全班除4人提前去了另一个世界聚会以外，其余41人都答应一定来。

聚会选在一家酒店的一楼，门口挂了标语和彩球，显得非常隆重。来得最早的当然是几个发起者。他们发现，这家酒店的服务真不错：门外有侍应生开门；一进大厅，服务员就把热毛巾递了过来；还有一个提着篮子的小老头儿，给每个人都发一包纸巾。显然，这是为他们流泪准备的。发起者连连赞叹：好，真是想得太周到了。

同学们陆续来到。每一个人的到来，都会引发一阵激动。大家先是静静审视来人，然后突然有个人叫出了他的名字，于是就是一阵欢呼，就是一阵热烈拥抱。也有一些人实在认不出来了，但当他自己一报家门，大家立刻恍然大悟。这种激动就更热烈，因为其中还包含着惊喜。

想想吧，50年一聚，容易吗？人生会有第二个50年吗？昔日的少年，今天的老人，你拉着我的手，我搂着你的腰，说啊、笑啊、哭啊……那场面真的是太感人了。

那位小老头儿发给大家的纸巾真的派上了用场，而且有人发现，这个小老头儿竟然也被他们感动得热泪纵横。他也频频用篮子里的纸巾擦自己的眼睛。

激动过后，发起者开始清点人数，发现已经来了40人，就差一个人没有来。大家都在询问：他是谁呢？

那个提着篮子的小老头儿此时突然放下了篮子，走上前来说：是我啊，你们谁都没有把我认出来啊！

“刷”地一下，众人齐齐把惊讶的目光向他射去：你？你是谁啊，有没有搞错啊？

小老头儿在40双眼睛的审视下有点发窘，他急忙挺了挺腰，大声地说：我是陈大福啊，你们再看看、再想想。

发起者赶紧去查名单，果然有陈大福这个名字，可是……40双眼睛又从头到脚把他审视了半天，有个发起者忍不住说：你不是酒店……干这个的吗？他指了指老头儿的篮子。接着他又说：你别开玩笑，我们可是同学聚会……

小老头儿就显得有点着急：我知道是同学聚会，这种事情谁会冒充啊。我明明就是陈大福嘛，你们睁大眼睛好好认认嘛！小老头儿随后又有点委屈地嘟哝道：这纸巾是我自己给大家买的——酒店还管你这个！

于是40双眼睛再次聚焦，恨不能看穿了他的骨头，可结果还是失望地摇头。小老头儿这回可真有点急了，他说：你们的记忆力……怎么这么糟呢？你们仔细回忆一下，那时咱班每天是谁最早来搞卫生的？你们再想想，学校开运动会，是谁给你们看衣服，是谁给你们打开水？班里组织劳动，又是谁干得最卖力气……

众人仍然半信半疑。突然，一个女同学尖叫了起来：哎呀，我想起来了，他的确是陈大福，他是我们的同学啊！

众人就一齐把目光投向女同学，显然希望她拿出证据来。女同学就有点兴奋地说：大家还记不记得，有一次他偷了学校附近农民的地瓜，让人家抓住，押到学校门口来示众……

噢——！众人齐发一声喊，他们的记忆闸门一瞬间呼啦啦全部打开。现在再看陈大福，怎么看怎么像他们的同学了。

但是此时的陈大福却没有半点兴奋，反而像中了枪一样痉挛了一下，他张大嘴巴，面部扭曲，用颤抖的声音说：天哪，你们还记着这件事啊！我做了那么多好事，就是想让你们忘了这件事，可是你们太……太伤人了！

陈大福慢慢转过身去，提起他的篮子，摇晃着向门外走去，任凭后面喊破了嗓子，他也一直没有回头。

买　刀

○刘国芳

一天，平听到有人敲门，平把门打开，忽然就看到一个人，举着一把刀对着他。平当时吓坏了，但反应还算快，“嘭”地关上了门。把门关上后，平听到“嘭嘭”的敲门声，还喊：“别关门啊，我是卖菜刀的。”平当然不会相信门外的人，他也喊道：“谁知道你是卖刀的还是劫财的？你走开，不走我打110报警。”

平这一喊，门外没有声音了。外面的人走了后，平忽然想到他还真要买一把菜刀。家里那把菜刀已经用了好多年了，很不好用，平觉得他该出去买一把刀来。平随后开门出去，上街买菜刀。

平所在的那座小城，有一条叫直街的小街，街上有几家打铁的铺子，其中有一家叫“彭敲”的铁匠铺，在平爷爷辈的时候就出了名。他们打的菜刀、斧头、锄头等铁器，钢口好，经久耐用。平听过这样一句话：“要买刀，到彭敲。”平要买刀，自然往直街去，找彭敲铁匠铺。但在直街或者说在彭敲铁匠铺门外，平看见许多卖铁器的摊子，卖柴刀、菜刀，也卖斧子、锯子，还卖门鼻儿、卷尺等。

平刚走到摊子前，一个人就喊着说：“买什么呢？菜刀、水果刀、锯子、斧头样样都有。”

平说：“菜刀多少钱一把？”

“十块。”

“好不好？”

“当然好。”

平没买，这么多摊子，当然得再看看。平随后又问一个人说：“菜刀多少钱一把？”

“十块。”

“这么贵呀？”

“你真要，算八块。”

那些摊子就摆在街两边，看见有人要买刀，摊主们都盯着看。一个摊主等平走到他摊子跟前，举着一把刀跟他说：“我看你真想买刀，我六块卖给你。”

平笑笑，没买，因为平这时看见彭敲铁匠铺了。彭敲铁器店门口有一块大招牌，上面写着“彭敲铁器老店”。

平走了进去，问道：“有菜刀吗？”

一个老人，他大概就是彭敲，他说：“有。”

“多少钱一把？”

“二十。”

平吓了一跳，说：“你怎么卖二十？人家外面摊子上只卖六块。”

老人说：“外面那些刀也叫刀吗？”

平说：“王婆卖瓜，自卖自夸。做生意的人只说自己的东西好，不会说别人的东西好。”

老人说：“你去买他们的刀吧。”

平真出去了。

外面那些摊主，都盯着平，见平出来，一个人拿了一把刀过来，跟平说：“只收你五块，要不要随你。”

平说：“好不好？”

那人说：“好得很，不信，我剁给你看。”

那人说着，就回到摊子前，拿起一根铁丝剁起来，把铁丝剁成一截一截的。平见了，相信他了，花五块钱把刀买了下来。

但这把刀根本没法用。平剁排骨，这把刀就成了“锯子”，豁豁牙牙。平看看刀不能用，一气之下，把刀扔了，又去了直街。这次，平不会上当了，平只去彭敲店里。

到那里时，却看见彭敲铁器老店的门关着。平站了一会儿，问一个过路人：“彭敲铁器老店怎么还不开门呢？”

过路人看了平一眼，跟他说：“没有生意，关了。”

广陵散

○陈永林

稽康的死与《广陵散》有关。

魏晋时代的“竹林七贤”在全国很有名，而“竹林七贤”之首的稽康更是家喻户晓的人物，是读书人的领袖。

稽康把一首《广陵散》弹得出神入化，人都说再没第二个人能把《广陵散》弹得这样好。

钟会却不服气。钟会是曹操的大红人钟繇的儿子。钟会自幼饱读诗书，做诗出口成章，人称神童。长大后投靠了司马昭，成了司马昭的大红人。钟会也喜欢弹《广陵散》，恃才狂傲的钟会想同稽康比个高低。钟会派人下了帖子，要稽康去他府上弹《广陵散》。

稽康答应了，但弹《广陵散》的地点选在竹林。

稽康仅见过钟会一面，是钟会来见稽康的，那时稽康正光着胳膊打铁，没理会钟会。神色倨傲的钟会也不同稽康打招呼。过了很长时间，钟会悻悻地要走，稽康才问：“何所闻而来？何所见而去？”

钟会答：“闻所闻而来，见所见而去。”

其实稽康早已知道他是钟会，只是稽康瞧不起钟会。钟会是读书人，却为了荣华富贵，背弃曹操投靠司马昭，这让天下读书人耻笑。

稽康和钟会比赛弹《广陵散》的消息风一样传开了，从四面八方来的人潮水一样淹没了竹林。

先是钟会弹。

人们从钟会的弹奏声中听到了风的狂叫声，听到了轰轰的雷声，还有一些悲壮的东西。

钟会弹完了，响起一阵掌声，还夹着一片叫好声。

轮到嵇康弹时，竹林里鸦雀无声。人们从嵇康的琴声中见到聂政怀揣着刀踏上刺杀韩相的路，听到了聂政说话的声音，闻到了聂政身上汗水的味道。后来人们听到聂政死在乱刀之下时，许多人放声痛哭。

许久，才响起雷鸣般的掌声。所有人的脸上都挂着泪痕。

一脸悻色的钟会拂袖而去。

嵇康这回的弹奏为他的死埋下了伏笔。钟会对司马昭说："大将军，嵇康是个人物，他若不能被您所用，也不能被别人所用。"

其实司马昭几次想让嵇康离开竹林，出来做官，而且想让儿子司马炎娶嵇康的女儿。嵇康的女儿嫁给了司马炎，今后要做皇后的，但嵇康拒绝了。嵇康是曹操的孙女婿，他不能做第二个钟会。

这事轰动朝野，在读书人中成为美谈。嵇康的名声也更响了，同时离死亡也越来越近了。

没过多久，嵇康便被钟会关进牢房。钟会给嵇康的罪名是谋反罪。嵇康一介书生，怎么谋反？但欲加之罪，何患无词？

司马昭亲自设宴招待嵇康。

司马昭说很想听嵇康弹《广陵散》。司马昭给掉入水中的嵇康抛下一根绳子，嵇康不接。如若嵇康肯弹《广陵散》，那就表明嵇康有归顺之心。嵇康回绝了，说没兴趣弹。

嵇康选择了死。

消息传开，全国数万名读书人群情激愤，声称要和嵇康一起死。既然是你们自己想死，那就怪不得我。屠杀曹氏家族的屠刀又挥向读书人。

《晋书》记载嵇康死的那天有金灿灿的太阳。阳光洒在穿着红袍的嵇康身上，像涂了一层红色光晕。

司马昭亲自监斩。司马昭问嵇康还有什么要求时，嵇康说要弹《广陵散》，司马昭同意了。

嵇康一弹奏，头顶上的太阳忽儿不见了，阴云却是愈压愈低，一时电闪雷鸣，寒风怒吼，地上的纸屑灰尘漫天飞舞。狂风不断地把沙子砸在人的脸上。成千上万只乌鸦在空中呱呱地叫。

暴雨倾盆而下。

围观的万余名群众纷纷跪下了，都仰头望天号啕大哭。

《晋书》载："《广陵散》于今绝矣！"又载："海内之士，莫不痛之。"

在嵇康死的第二年，钟会也被司马昭杀了。钟会率二十万大军攻入成都灭了蜀国，自恃手中握有重兵，有了反心，手下人告密，被司马昭擒住了。钟会被砍头前也提出要弹《广陵散》。

栀子花香

○梁小萍

清晨，小主惊喜地发现小院中的老栀子树开花了。

小主自记事起，自家小院就有了栀子，栀子一共两棵，每棵都有一人高。一棵在两年前母亲故去的五月，无缘无故枯萎了，剩下的一棵一直蔫蔫的，任凭小主百般呵护，去年也没开一朵花。

在部队大院，谁都知道小主家的这两棵栀子。海南岛种栀子的不多，尤其像这么大棵的栀子更是少见，栀子花花气袭人惹人爱，谁走到小主家门口都忍不住夸一声："好花！"小主妈妈非常宝贝这两棵栀子，门口两边的土地上一边一棵，占据院子最好的位置，平日里浇水施肥悉心照料着。小主妈妈爱花出了名，但是从不吝啬栀子的花朵，有谁喜欢尽管来采摘，每逢雨季，妈妈还会嫁接许多小栀子苗，分送给喜爱栀子花的邻居和朋友。每次人家来家中要花苗，小主妈妈总是不厌其烦地跟人家说怎么种植栀子，好像孩子离开母亲一样不放心。

年轻时的小主妈妈很美，留着一头长发，头发从中间分成两股梳成两条辫子，然后在辫子发根处用辫子梢左右交错穿插，一会就在脑后盘成了一个编花发髻，发髻有点垂，侧面尤其好看，古典而优雅。栀子花盛开的清晨，小主妈妈盘好头发，就会走到小院里，选一朵半开的栀子花摘下，把花悄悄藏在盘好的发髻中。不管是去上班工作，还是在家做家务，每天清晨妈妈都会摘一朵栀子花藏在发髻里，于是一整天妈妈走到哪里都会带来一缕淡淡的、若有若无的芬芳。每到夜幕降临，暗暗的灯光下，年幼的小主喜欢依偎在妈妈怀中，看着爸爸把妈妈的长发放下，满屋子都是丝丝缕缕的栀子花香。妈妈盘头的习惯一直保持到五十岁，后来妈妈得了关节炎手臂打不了弯，没法自己盘头了就剪成了短发。

小主是妈妈最小的孩子，生小主那年，小主妈妈都三十多岁了，妈妈非常疼爱小主，小主也非常依恋妈妈。妈妈喜欢搂着小主说过去，说起老家清水河边的那片竹林，说起老屋窗前那棵栀子，妈妈说那还是她当小姑娘时种下的栀子。有时候妈妈还会说起小主的姥姥，小主的姥姥也是很大年纪才有的小主妈妈，小主没有见过姥姥，姥姥很早就去世了，妈妈嘴里的姥姥是个脾气厉害、裹着小脚、思想顽固的小老太太。姥姥不让女孩时的妈妈上学，学校的老师找到了家里劝姥姥让妈妈去上学，姥姥说："上学可以，不准在家吃饭。"妈妈每次说到这一句都特别伤心，说姥姥太狠了，那时候还是旧社会，自己一个姑娘家，不在家吃饭到哪里吃饭，这是逼着自己上不了学啊！姥姥说女孩子不能读书，读书把心读大了读野了就管不住了，还一心想把妈妈嫁给村中的富豪过舒服的日子。妈妈一气离开了家，后来跟着部队参军走了。这之后部队天南海北行军，妈妈一直没有机会回老家看看，直到新中国成立后，当母亲一身戎装再次回到老家时，姥姥已过世了。从那以后母亲就再也没回过老家，从那时家里就有了两棵小栀子。有一天早上，小主看着妈妈盘头，冷不丁问妈妈："妈妈恨姥姥吗?"妈妈看看小主笑了笑，没有说话，随手摘了一朵栀子花，慢慢窝在发髻里不露一丝痕迹。

前年小主妈妈故去，小主遵照妈妈遗愿把妈妈的骨灰送回老家，在老家的院子里看到了还一直保留下来的老屋，可是在老屋的窗前，小主并没有看到妈妈一直念叨的栀子花。小主想着过了这么多年了，谁还会在乎妈妈的栀子花呢？当小主第一次站在姥姥的坟前，小主看见姥姥的坟前竟然有一棵栀子，这是一棵苍老的栀子，比自家院里那棵还要苍老。当时正值栀子花期，满树栀子花散发着熟悉的气息，小主一时看呆了。小主问随行的老家的舅舅：“姥姥也喜欢栀子花?”舅舅说：“你姥姥说，你妈妈最喜欢栀子花。你妈妈小时候就在老家院里种了一棵栀子，后来你妈妈私自离开了家，你姥姥一想你妈妈就跳着小脚，指着栀子花骂你妈妈狠心，居然走了就不回家了。再后来你姥姥病重，临终前交代把这棵栀子一定要栽在她的坟前。这就是你妈妈从小种的那棵栀子，你妈妈当年回来时，听说你姥姥已经去世都没流一滴泪，可是看到你姥姥坟前的栀子花，一句话不说，号啕大哭，你妈妈和你姥姥的脾气一样倔强啊!”

一缕晨风吹醒了小主的思绪，小主俯下身闻了闻栀子花香，她知道这棵栀子的妈妈在哪里。小主轻轻地将长发盘起，一朵盛开的栀子花悄悄藏在发丝间。

归去来辞

○聂鑫森

夏日夕阳灿烂了一天云锦，织出无数奇瑰花样，飘在远近的苍翠山巅。若用剪子铰下，做成服饰，定是人世间的稀罕。可惜这景状不能持续长久，渐渐淡去，淡成青灰，而后深灰，不久便于灰中透出些墨黑来。

天要夜了。

四乡八镇，十日才有一墟。因夜的临近，条条人影疏散着白天的拥挤与喧闹，向远近各处摇曳而去，只可见一点儿一点儿灿白的光，那是苗家女人颈上或手上银饰的矜持。不久，一条长长的街便空了，只有几条狗赖在白日卖肉的木案前后，嗅找掉落的肉末骨屑。有女人拉长嗓子，喊玩得得意忘形的儿女归家，亦如一支起落有致的歌谣，把夜轻轻摇晃。

这偏僻之地的墟场，除物资的交流外，往往还会酿出无数痴男情女的向往，将许多日子独门孤户的寂寞，换作一番缱绻浓稠的欢乐。

不独是年轻的，即便是上了年岁的，也能找回一些往昔的遗憾，将旧梦于无人处细细缝补。因此散墟后，大多是双双对对地归去，紧紧相挨，恨不能贴成一个人，低低唱起苗歌，一应一答，叙说心中的欣喜、忧愁和哀伤。可惜那歌无人能录，便永成秘密，被各自带了回去，作许多日的咀嚼。

星子疏疏地从云中跳出，好看地排印在墨蓝的天宇。从那幽蓝的大山后，浮上一弯羞羞的眉月，嫩黄如豆芽，忽被一个树杈挂住，便不动，款款地笑。

他们在山边一条溪涧边站住，低着头，不作一声，如一件雕塑。男子头扎围巾，骨架壮实如山豹，宽阔的背似一面坡地。女人头发绾系一方青帕，颈上扭花银圈发出柔媚的光。各自身边放一只竹背篓，一碗盐、几尺布、数只菱形纸包，浅浅地抹平了篓底，剩下偌大的空间，去盛那不可言状的情。

溪水缓缓地流，在淡微的月光星光下，绝似一段透明的绫罗，有鱼影掠过水底，便是这绫罗上的图案。

四面无人，身边唯一一株苦楝树相厮守，斑斓叶影稀疏地画在他们的衣服上，凝然不动。山上乱草杂树间，沙沙一阵响，应是窜过一对麂子，或是故交，或是新恋，过不久，不远处便有痛苦的亢奋的呻吟声传来。

女人身子一颤，叹了口气，极短，但却使那男子惊悸。

男子从背篓里拿出一段布，轻轻地放入另一个背篓。女人依旧不动，缓缓抬头，眼中迸出两颗泪，滚落下来，把夜溅出两个洞眼。她眼角的细纹收紧，忽从唇间静静地流出一支歌，没有词，只有曲调，哀哀地跌落在地上，轻盈跳几下，再跌入溪流，一起漂到山外去。

“……跑了！到深山老林里去，喝泉水吃野菜，也活得惬意。”

女人终于说出这句话。

每次她都这么说。

“你有两个伢儿，我也有两个，跑了，他们怎么搞？”

男子极艰难地重复先前说过的话，自己并不觉察，厚厚的唇呆板地翕动。

“总算十天有一个墟，要不还有什么盼头？”

“等到老了，死了，再结伴。”

一片云飘忽过来，把月牙涂去，一切便沉入漆黑。

草丛间射出蟋蟀的叫声，凄清凌厉，想冲破这沉闷的窒息。然而云不走，月牙又柔弱得不能从云中拱出。

“回去你又要挨打。”

“我不怕。我恨你，你什么都不想丢。男人不是好东西。”

男子抱头蹲下，许多的羞愧和痛楚，重得使他无法支撑。女人眼中流出怜悯，想起儿时与他在一起的情景，心上又泛起丝丝暖意，便走过去，拉起男子，极温柔极妩媚。然后背起背篓，痴痴地说：“十天后……”

男子揩一把泪，点头。

女人朝山上走去，脚步极快捷，茅草沙沙响得沉重。尽管月光被遮挡，她仍熟谙这条路，几弯几曲，几坡几坎。心中稍一算计，竟走了不少年头。

男子依旧立着，看女人渐行渐远（其实看不见，是听），猛地在胸口上擂了一拳。

云终于飘走，月光媚媚的，山的轮廓，树的姿态，溪的波纹，皆一一显现，反射出一片淡淡的光晕。

好静。

又看见她了。已走到那山巅上，月光细细勾出一个倩影，银项圈与银手镯一闪一闪。她停住脚，站了好一阵，将一个美丽的印象，赠给山下的他。然后如一匹麂，飞蹿到山那面去，倏忽不见。山那面依旧是长长的小路，依旧是媚媚的月光……

他转身从另一条路归去，一个淡淡的影子追随他，移向远方。背篓很轻，一包红糖是给妻子的，一包点心是给他的伢儿的。还有新得的一个“约”，竟重重地压在脊背，使他步履艰难，喘气不止。

抬头望前面，兀立一座大山，山那面才是他的家。一条小路被乱草遮掩，袅袅地飘过山去，他挣扎着拽住，弓起腰爬那太陡太陡的山。

月牙已升得很高，光亮渐渐淡微，似乎要闭上倦眼睡去。

只有山半醒不醒……

老街汉子

○刘建超

老街像一条被人随意丢弃的麻绳，弯弯曲曲又错落有致地卧在伊河岸边。老街盛于明清，老街不宽，三丈有余，却蜿蜒十里。逢集过节，街道上人群拥挤，远远望去，整条街就像一条扭动的蛇。老街两旁店铺挨着店铺，老街的人历代以经营店铺为生计，家家户户日子殷富。老街人固守着小富即安的传统，自古宁愿捐款捐物也不放男人外出当兵做官，因此当地流传一句俗语：老街有男人无汉子。

牛五出现了。牛五每天清晨在薄雾中踩着青石板从老街南头的葫芦大院走向街中的钟鼓楼。钟鼓楼下马家羊肉汤馆刚好肉烂汤肥，牛五是第一个顾客，一碗肥汤，两个火烧馍泡进去，碗面上漂着一层红红的辣椒油。牛五一边摇头晃脑地吹着，一边顺着碗沿呼噜呼噜地喝着，喝下多半碗汤，再让老板把碗添满，碗中的馍正好泡透。肥汤下肚，热气便往脸上蹿，额头便沁出细汗。牛五惬意地抹抹嘴，伸伸双臂，此时太阳正好担在钟古楼的檐角。

牛五踩着青石板回到院中。嫂子说，五子，你退伍回来三个月了，该出去找点儿事情做啊。牛五晃着脑袋，那哪儿行啊，我是在大军区给司令员做过警卫的，不能给首长丢脸，我就不信没人来请我。还真有人来请牛五。宏发公司金老板是做电料生意发达的，专程到葫芦院找牛五。

你真是给军区首长干过警卫？

那还用说！

擒拿格斗、少林、太极都会？

那还用说！

酒量咋样？

那还用说！

好，跟我干，月薪两千。

金老板的生意也不忙，平日零打碎敲，主要靠揽大宗生意。周末，金老板急匆匆叫上牛五，说揽了笔大买卖。这次一定要把宋处长打发好，他就爱喝酒，喝痛快了，单就签了。300 万啊，够咱吃一年了。牛五拍拍胸脯，那还用说。

老街水席远近闻名，大凡来开会旅游观光的都会慕名到老街品尝水席。老街水席始于唐朝，因上菜是一道一道往桌上端，吃完一盘撤下去再上另一盘，如行云流水一般，而且几乎道道菜都带汤，干稀有致汤随菜走，故此得名。一张八仙桌，四人各居一端；一瓶“杜康”酒分成四杯。金老板微微笑着说，宋处长远道而来给我带来了财运。去年到贵府被你灌得找不到北，告别时没找到门却拉开了你家的立柜门，哈哈哈。今天我可是来还愿的。宋处长兴致勃勃：怎么，带着保镖壮胆啊。不就是几瓶杜康嘛，来！

金老板对牛五说，五子，喝！

牛五说，老板，那不行，我不能空着肚子喝酒。

金老板说，好，先上盘蒸馍，韭黄炒肉丝，让我这小兄弟垫巴垫巴。

牛五说，再加五块豆腐乳。

馍菜端上。牛五拿起一个蒸馍从中间掰开，熟练地夹起一块豆腐乳放上，用筷子一捻，馍就没了踪迹。客人看得眼都直了，好胃口，好胃口。

五子，饱了没？

老板，饱了。

好，把酒干了。

那不行啊，我吃饱了是不喝酒的。

金老板嘴都气歪了，饿了你不喝，饱了你也不喝，你啥时候喝？

牛五说，部队不准喝酒，要关禁闭的。

金老板火了，你滚，你给我滚！

老板，我不能走。你干，醉了我背你回家。

金老板喝得醉成一堆烂泥，还真是牛五把他背上五楼的家。

丢了一宗买卖，金老板气得躺了两天。找了个借口，派牛五去公司门岗做警卫，做了警卫的牛五每天也神气得雄赳赳气昂昂。

一天凌晨，一个打扮妖艳的女人从金老板的办公室出来，唤牛五开门。牛五说，公司有规定，为保安全，每晚十一点到次日早晨六点三十分，没有特殊情况不得开门。请你再等九十分钟。女人讥讽地说，不至于我叫你的老板来为我开门吧。牛五说，规定是公司定的，老板也要执行。女人沉不住气，对牛五大声吵嚷，牛五就是坐着不动。公司的人惊动了，有的跑来看热闹。金老板的夫人也听说了此事，到公司指着金老板的鼻子臭骂了一通。

金老板对牛五也没说什么，态度是大不如从前，后来就拖欠工资。三个月后，金老板愁眉苦脸地对牛五说，公司经营不景气，外欠款也讨不回来。明市K公司讹了咱的30万元货，两年了一分也没给。一帮子无赖，没人敢去。你若能讨回来，30%提成；讨不回来你也就另攀高枝吧。牛五说，那还用说，我明天就去。

K公司的办公楼气派豪华。K公司的老板听说牛五是来讨账的就哈哈笑，你还来讨账，你们给我们的货是次品，还没找你包赔损失呢。看你大老远来的，也挺辛苦，到财务支500块回去吧。牛五说，我不要500块，我要30万呢。老板收敛了笑脸说，你恐怕还不知道我K公司在本市的影响吧。走吧，我手下的弟兄脾气有些不好。别惹不高兴啊。门外就进来两个高出牛五一头的彪形大汉，牛五啥也不说扭头就走。

下午，牛五背了个编织袋又来到K公司。牛五从袋中倒出一堆红砖，老板吓了一跳，立即叫来两个保镖。保镖正要上前，就见牛五蹲下身，拿起一块砖一掌劈下，砖便断为两截。保镖怔住了，不敢靠前。牛五连劈五块砖，脸不红气不喘。随即左手拿起半块砖，右手中指尖儿顶在砖面，红色的粉尘纷纷扬扬，顷刻间红砖就被手指钻透。牛五连钻五块砖，还是脸不变色心不跳。牛五抽出一截儿铁丝，将钻透了的砖块穿成一串，这才缓缓站起身，拍拍手掌说，我初来乍到也没啥送老板的，这串项链算是见面礼。说罢，脚尖挑起铁丝，小腿一抖，一串砖便挂到墙角的衣架上。

30万元的汇票放在金老板的面前，金老板张大了嘴。

牛五说，我知道老板对我好，可我不适合在这儿干，没帮你做啥事又不好意思离开。今天我可以告辞了。

金老板拿出十万元，说，五子，这是给你的。

牛五摇摇头，我给军区首长做过警卫员，不能给首长丢脸。欠我的工资给我，其他的钱我一分不要。

老人与葱

〇孙春平

天气好的时候，楼房的南墙根下，常坐着一位老人。老人实在是太老了，已属耄耋之年。头上捂顶帽子，看不出头发已稀疏花白到了什么程度。一张核桃样的脸，嘴巴瘪瘪的，连鼻子都抽缩在一起了。尤其苍老的是那双眼睛，总是空茫地大睁着，迎着风，迎着太阳，不论阳光多么强多么刺眼也不躲避，看来已经失明。

老人是钟点工扶出来的，来了就坐在那张不知谁家丢弃在这里的一张木椅上。钟点工安顿好他，就转身走了。听说她照料着好几位老人。晒太阳好，可以补钙。老年人太需要补钙了。

引人注目处，是老人身前几步远的地方，有一棵树，桃树。桃树不高，却还粗壮，树干足有饭碗粗。春天的时候，桃树会有几天的繁闹，盛开的花朵会引来蝶舞蜂唱。可那样的日子毕竟短暂。花谢了，桃落了，叶子也终要飘零。北方的冬季太漫长。在枝干枯枯的日子，树杈上便开始搭挂一些大葱。大葱伴老人，倒也贴切——虽是叶枯皮焦，心却仍活着。老人一天天地越发老迈，那葱也一日日地越发枯缩。

不时有人从老人身边走过，问，老爷子，有几个儿女呀？

老人答，两个，都在南方呢。我去过，那地方又热又闷，受不了；空调吹，又得病。南方的饭也不行，甜了吧唧的。不如回咱北方老家来。

老人常常这般问一答十。

有小猫小狗跑过来，偎在老人的膝旁。老人从衣袋里摸出吃食，小猫小狗吃过，便伸出舌头在老人的手掌上舔，让老人脸上闪现出片刻的惬意。遛狗人说，老爷子，也养只小东西吧，正好给你做伴。老人说，老喽，腿脚不行了，哪还追得上。以前也养过……

遛狗人不白问，离去时，顺手从树杈上扯下大葱，或一棵，或两棵，带回家去做葱花。好在老人看不见，从不过问。

有时，小孩子跑过来，大声喊，老爷爷，我拿棵葱行吗？我妈妈让我去买，可我还要写作业呢。老人脸上的核桃纹立刻绽放成九月的菊花，高兴地答，拿吧拿吧。挑那长的，硬实的。扶着点树干，别摔了。你学习好不好啊？我那孙子去年还得了奖状呢……

有一天，一位中年人窜到了树下，蹑手蹑脚的，一下抓进手里好几棵葱。转身离去时，身后的老人说话了，冷冷地，颇为不悦：不管拿多拿少，总不差两句话吧！中年人怔了怔，尴尬一笑说，哟，我以为老爷子睡着了呢。老人用手背往外挥了挥，说，走吧走吧，怎么还不如个孩子呢？

这一幕，被当时在附近唠闲嗑的几个女人看到了，于是，人们便知道，老人的眼睛看不见，耳朵却好使，那脚步声和大葱离树的，是躲不过老人的耳朵的。

几天后的星期天，一位女士提着马扎，坐在了老人身旁。两人说了好长时间的话，直到太阳偏西，钟点工来接老人回去。老人说，树上有葱，是我备下的，随便拿。女士眼圈红了，说以后有时间，我还来陪大伯说话，把我没来得及说给我爸我妈的话都说给您老人家听。

哈　酒

○宗利华

写小说的老宗，是回老家过年的。

老家在农村，既偏，又远，倒三四趟车才到。老宗媳妇儿自从跟他领了结婚证，就再没去过。她说她害怕老宗家栏里那头猪。农村人上个厕所，得去跟猪争地盘儿。城里的老宗媳妇儿跟猪斗过几次，彻底投降。

老宗现在也斗不过那猪。

但你却不能因为这就不回家过年呀！父母在老家，还有一大堆的七大姑八大姨，不回去，说不过去。

过年当然得哈酒。

老家人管“喝”叫“哈”。

老宗酒量还成，那是在城里头。回到老家，就彻底蔫了。城里头哈酒用高脚杯。主陪带一杯，副陪再带一杯。好啦，展开。一般来说，一个酒场哈多少酒，心里有数。老家人哈酒用酒壶、酒盅儿。不起眼儿的小酒盅，一开始根本瞧不起它，可哈起来，就明白不好计数。忽悠忽悠，哈高了不是?

老宗哈高好多次。后来，每次都对小酒盅心存戒备，结果还是吃亏。

何况，这几天，酒局安排得密不透风。

在城里，老宗连根葱都算不上。比他有本事的，一砖头砸好几个。但一回到乡下，就算个人物啦。村里在外头混成能人的，也就三五个。老宗稳居其中，但名次不靠前。县委看大门的王麻子、县政府招待所干领班的凤丫头，都在老宗之上。老宗虽在市里，在乡人眼里，却只在三四名上下浮动。论交际能力，他还很嫩。文人发疯有一套，你让他耍手腕、跑门子，还真不行。

老宗倒是赚了个“实在”的名声。

村里有到市里的，找到老宗，他总是竭尽全力。多数办不成。就想法弥补，比如把来人灌个烂醉。老宗有个好处，不摆臭架子。事儿办不了不要紧，你得有个好态度。

还有一点，只要在老家哈酒，老宗从不耍赖。这样，每次都很狼狈。只有年三十晚上那场不累。跟老爷子，爷儿俩对着头，不必分主宾主陪。关键是，跟自己老爹哈酒用不着斗心眼儿。

初一那天晚上，就不一样了。

老宗的几个本家叔伯、堂兄弟一年一度，汇聚一堂。

这次酒局设在老大家。

一开始，几个兄弟都有点儿拘谨。一个个双手插在两膝中间，搓来搓去，貌似很沉稳。老大先发话，咱老少爷们儿凑一块，废话不说啦，一个字儿，哈！咣当咣当，一气带了十二个。说是带一年的酒。老宗闷着头，哈酒，吃菜。他怕一不留神，嘴里溜达出后现代主义来。

接下来，老二带酒，老三紧随其后，老四不甘示弱，吱溜一声，一滴不剩。

老大这时建议，先歇一歇，给老爷子端个酒。众人积极响应。老四酒量最差，脸红了，舌头拧着，咋呼得倒最响。晚辈太多，一个一个挨着敬，几位年纪高的受不了，于是推选老大做代表。恭恭敬敬起身，斟满酒，亲手递上。长辈此时面若核桃，笑一声，好儿子啊！没白拉扯大啊！用手掌平托着两个酒盅儿，另一手慢慢捏起一个，送到嘴边。

老宗觉得很温馨。

多好啊！这才叫过年哪！

这边，开始捉对厮杀。老宗开始话多。话题主要在猪啊羊啊鸡啊，以及地瓜、玉米棒子上。他想与别人沟通，就得主动去找话题。

混战开始。老爷子们知趣地撤离现场。

老大跟老四划拳。嗷嗷直叫！

老宗主动出击，挨个儿碰两盅，脑子就开始生锈。好几次，文学词语开始随着酒嗝儿出来遛弯儿。再后来，彻底刹不住车，开始大谈官场腐败，大谈萨达姆、本·拉登。

大谈什么都无所谓啦，反正都晕了。

高潮在这时如约而至。

老四跟老三先出现争执。

老四认为，老三酒盅里还有数滴，可以养条鱼。老三左手捏着酒盅，像举个话筒，冲着老四的脸，我要没哈净，我就是这个！他右手五根手指在桌子上爬了一下。老四一拍桌子，别耍流氓！你一贯这臭毛病！老三把酒盅摔到地上，你个王八蛋，你骂谁呀？老四还击，是你先骂人，还是我？

哈酒前一直闷不作声的老二，挽了挽袖子，噌地一下站起来！你俩要哈就哈，不哈都给我滚蛋！

老宗瞅瞅这个，再看看那个。

一股尿意冒出来。

他踉跄到猪栏门口，一下煞住身形——居然还能记起曾受过猪的欺负。片刻之后，老宗不怕啦！他嘟囔着，我可哈多了，最好别惹我！但老宗一推门，迅速撤回。栏内分明夹杂一股浓重酒味。看来已不止一人捷足先登，且翻江倒海。

老宗还是斗不过猪。

他怕那猪也哈醉了。

老宗正在墙角奋力把尿尿得更直，更远，屋里已乒乒乓乓起来。吵闹声中，居然还有女人！嗒嗒嗒，炒豆子一般。老宗分不出是谁家婆娘。

他悄声说，跟没文化的人哈酒，真累啊！

可就在一瞬之间，老宗莫名其妙心里一疼！他很清楚，老三和老四从小就这样。哪怕今晚抓破脸，明日照样头对着头哈酒。老宗也很想和从前一样，跟他们打啊，闹啊，拍桌子啊！可做不到啦！

他现在属于另外一个世界。

老宗摇晃着身子，抬起头，目光投向越来越远的漆黑的天空。

有零星的鞭炮声传过来。

土地之神

○贾平凹

路过陕南的一个山镇，我停下车去看望同学。同学是这个镇的镇长，正在附近的村里推广地膜技术，一户农民不愿意，他嚷叫得红脖子涨脸。知道我来了，他一脚的泥水踢踢踏踏地跑了来，就把我往路边的小店拉。他说：我得请你吃饭！我说我掏钱呀。他说：我知道你有钱，可我要尽地主之谊！一进店里，老板就反映镇上的某个部门吃饭老打白条子，恳求镇长能催催。我的同学就骂了一声很粗野的话，要了白条子，拍腔子说明日他就负责让人来结账，还顺手拿炭在墙上写了：谁再吃饭打白条子谁就是猪！落款是他的名字，名字写得龙飞凤舞。我们在小店里吃萝卜干炒腊肉，还有一盆西红柿鸡蛋汤。老板把汤端上来时，汤太满，淋淋地洒了一地。我的同学说：客人是省城的，你把汤盛得那么满，难受不难受！老板说：来了贵人我才盛满的，你还嫌满？便从桌上端了汤盆，就立在我身边，呼呼噜噜喝了几口又放在桌上。我的同学气得拍桌子，骂老板不文明，把人丢尽了，让重新做一盆汤来。我赶忙打圆场，说老板毕竟是实诚人，而我又不是多讲究。我的同学没让再做汤却还骂老板：多亏请的是同学，若是上边的领导，你狗日的就把我的前程毁了！没想老板嘻嘻笑着，说：镇长你还有什么前程，都五十开外了还在镇上，你是把这个镇子买下啦。噎得我那同学一脸通红，却随之头往后一仰，自己笑了个没死没活。

我的同学是非常能干的，他在同学中是最早一个当上科长的。从政的人奋斗着就是要升迁，但几十年了他一直还是个科长，这其中不知有多少酸辣苦咸的事。我几次想开口问他，最后还是不好意思就闭了嘴。

吃过饭，他领我们在镇子里转悠，介绍他们的农贸市场，介绍新盖的小学校，介绍砖瓦窑和远处山坡上的葡萄园。镇上的人见了他不是招呼着让吃饭喝茶，就是哭丧了脸向他诉苦和告状。他与在井边打水的女人说很骚的话，又将一个撞见他就跑的秃子喊住骂了个狗血淋头。末了对我说：这地方好吧？我说好是好，可你总不能在这儿养老送终啊！他的脸在那一阵是黑了，说他几次被作为副县长的候选人而考察过，可最后每次都被别人顶了。他当了十几年的镇长，是全县最老的一个镇长了。县委前年让他到县粮食局去当局长，镇上的人却联名给县委写信不让他走。他恨恨地说：当局长和镇长一个级别，既然群众不让我走，我就在镇上继续做我的土地神吧。

他说他是土地神，这话说得好。返回省城后，我常常想起他，想起他说的这句话，就画了这张“土地之神”的画。在中国的诸神中，土地神是最实在的神，他管的事多，也很威严，但他坐的不是殿，是庙，而庙又太小了。

偷邮票

○夏　阳

我一进入初中，便对学校深感费解。

小学毕业考试，我是全镇第一名，是以“状元”的身份进入镇初中的。我之所以说是进入，而不是考取，是因为开学后，我惊讶地发现全镇最后一名的胖墩竟然和我同班，而且还是班长。

宣布胖墩担任班长时，班主任杜老师是这样解释的，胖墩虽然学习成绩不太理想，需要努力和加强，但在同学里面有威信有号召力，非常适合做班长。杜老师说这句话时，很多同学在下面掩嘴偷笑，也包括我。其实大家都知道，胖墩和我翻脸以后，成绩一夜之间一落千丈，毕业考试考了个全镇倒数第一，被他当村主任的爹骂了个狗血喷头。村主任骂完后，送了两条好烟给镇初中的校长，接着又送了两瓶好酒给杜老师，就这样把胖墩送进了初中，还做了班长。

村主任在村里大放厥词，说，读书好有卵用，班长还得老子的儿子来当！显然，这话是有意说给我娘听的。我娘听了，流了半天的泪，一个劲地埋怨我爹不该撂下我们孤儿寡母受尽人家的欺负。娘絮叨累了，又抚摸着我的头说，崽啊，好好读书。班长不能当饭吃，我们不稀罕。

我表面点了点头，心里却冷笑，凭啥不稀罕？就凭他有一个当村主任的爹？我是全镇第一名，班长理所当然该是我的。

开学没几天，我就发现杜老师不是一个称职的班主任，除了上几节课以外，他对我们班几乎是不闻不问，把所有的事务都交给了胖墩。杜老师痴迷集邮，整天沉浸在他的方寸世界里。

胖墩似乎把他全镇倒数第一名的过错都算到了我的头上，到处找我碴儿。班上轮值日，扫地擦黑板，别人是一人一天，我是接连干一个星期，理由是我个子高，理应多轮几天。我觉得不公平，偷偷跑到杜老师住的房间里请求调整。杜老师眼睛盯着邮票册，皱了皱眉，说，做人要有奉献精神，同学之间亲如手足，怎么能斤斤计较呢？

我哑然。

最可气的是，胖墩还联合成绩同样一塌糊涂的狗蛋，拿我和榕榕当年的事开涮。课间活动时，他们两人经常当着全班同学的面，摇头晃脑，像说对口相声一样。

胖墩问，要不要我们家的榕榕嫁给你？

狗蛋响亮地回答，要！

全班哄堂大笑。这刺耳的笑声，让我恨不能立即找条地缝钻进去，也让班上另外一个同样叫榕榕的女同学面红耳赤。榕榕的目光像刀子一样愤怒地剜着我。我无可奈何。我们已经被他们定义成“两公婆”了。

我偷偷跑到杜老师住的房间里去告状。杜老师眼睛盯着邮票册，皱了皱眉，说，身正不怕影歪。走自己的路，让别人说去吧。

我黯然。

几天后，我又偷偷跑到杜老师住的房间里，从衣兜里拿出几个信封给他看。这些信封里面都是空的，一直锁在我家衣橱的抽屉里。信封上的字迹俊朗飘逸，出自同一个人之手，是从一个陌生的叫青海的地方寄来的。信封上的邮票非常漂亮，让杜老师瞪大了眼睛，左看右看，爱不释手。我说，老师，你喜欢，就送给你。

杜老师喜出望外，说，很珍贵的。

我大方地说，没啥，你喜欢就行了。我想……

杜老师顿时紧张了，问，你想啥?

我结结巴巴地说，我想……我想我成绩这么好，不当班长，人家会笑话的。

杜老师认真看了我一会儿，说，是。是老师考虑不周，班长确实需要成绩好的同学来担任——火车头嘛，这样对大家的学习才有带动的作用。嗯，从明天开始，这个班长你来当。

我欣喜若狂，以至于杜老师吩咐我给他打盆干净的水时，我激动得连人带盆差点摔倒在地。

杜老师把信封泡在水里，好一会儿，才用小镊子将邮票从信封上小心翼翼地揭下来，然后把湿漉漉的信封交还给我。

我当班长后的第一件事就是调整值日。我和榕榕轮空，胖墩接连轮十天，狗蛋五天。我说，现在我是班长，我说了算。你们也不矮呀！另外你们成绩这么差，拖全班的后腿，理应多做点事情，为同学们创造一个良好的学习环境。

胖墩和狗蛋表示抗议，说要去告诉杜老师。

我笑笑，大手一挥，说，去吧，去吧，欢迎你们多提宝贵意见。

不一会儿，我看见胖墩和狗蛋从杜老师住的房间里灰溜溜地出来，心里别提多解恨。

胖墩和狗蛋为了报复我，又拿出了他们的绝活儿，开始在课间活动时说对口相声。这次，他们表情更夸张，表演更卖力。可是，等他们表演完，大家没有像以往那样哄笑，而是鸦雀无声，低头假装看书做作业，当他们是空气。

胖墩和狗蛋尴尬地戳在那里，像两根电线杆。

我站了起来，手指着他们，说，现在，我罚你们扫一个礼拜的厕所！以后再影响大家休息，我罚你们扫操场，信不信？我的话刚说完，立即响起了一片热烈的掌声。掌声中，榕榕敬佩地看着我。我心花怒放。

胖墩和狗蛋低着头，蚊子一样的声音，异口同声地说，我认罚，我认罚，我以后再也不敢了。

转眼周末，我回到夏阳村的家里，第一件事就是告诉娘，娘，我现在当班长了！

娘正在喂猪，闻言愣了一下，把手在围裙上擦了擦，激动地一把搂着我，说，崽啊，我崽就是有出息。

深夜，我正在睡梦中，被一阵哭声惊醒过来。我爬起床，循着哭声望去，只见娘坐在桌旁暗自低泣。我迷迷瞪瞪地问，娘，你怎么啦？

还怎么啦，这是你爹留给我的盼头，老天爷，怎么会变成这个样子！昏暗的煤油灯下，娘指了指桌子上摊开的几个信封，泪眼模糊地说。

我看着那几个被自己偷偷塞回去的信封以及信封上被水洇开的模糊不清的字迹，头“轰”一下大了。

依米花

○王　往

说的是依小北的故事。其实，让依小北自己来写，这个故事可能会更生动更具传奇色彩。

对于她为什么从一个风花雪月的地方嫁到我们这个毫无生机的江北小城，好多人不理解。开始的时候，小北带着满脸的幸福与憧憬告诉我们，她与先生是在北京的一次文学笔会上认识的。回来的时候，她和先生同乘一列火车，爱情就在那么短短的一两天中产生了。小北的笔名叫依米花，我们问她含义是什么。小北说，依米花是非洲沙漠里的一种小花，它的茎很细，紧紧贴着炙热的沙土，茎上没有一片叶子，但是它开花，花朵很小很小，只有米粒一样大小，然而很有生机，很艳丽，很顽强。小北在一家公司编企业报。一年后，小北生了孩子。从此，小北和我们一起玩的机会就少了。一次，几个文友在饭店小聚，有人说打电话叫小北来吧，让她呼吸点新鲜空气，别老闷在家里写。小北来了，大家一见，暗暗吃惊：小北太憔悴了！眼角的鱼尾纹像浮雕一样，十分明显。但是小北很快乐，说她正在赶一个中篇，一家大报等着连载呢。我们惊呼，说：小北你也不能死命写，看你累的。累是婉转的说法，其实小北显现出和年龄不相称的老了，谁都能看得出来。小北叹口气说：我不好跟你们比呀，我们单位太忙，下班后就忙着买菜做饭，吃了饭，洗洗涮涮，还得哄孩子，忙到很晚才能坐下来写点东西。唉，他还迷上了麻将，没日没夜地赌……你先生不写东西了，还赌？我们大吃一惊。他不写也罢，还赌，还不让你写，要人当老爷侍候……小北，你写的《一个人的夜晚》，讲的是自己的家？小北低下头来，几乎哭了。

又过了很长一段时间，我们邀小北相聚，祝贺她在一家著名刊物发了个头条。而小北来时，额头竟多了块青斑。大家联想到《一个人的夜晚》，猜想那定是她先生的老拳所创。小北这次没显出什么快乐的样子，言谈之中流露出的尽是凄苦。大家尽量把气氛弄得活跃。酒过三巡，有人提议"一"字成语接龙，须男女对接。大款范听我们说过小北的家庭，他怜香惜玉，吹牛说要救小北于水深火热之中，大家就半真半假让大款范和小北对接成语。这下热闹了。大款范说一见钟情，小北说一心一意；小北说一览无余，大款范说一马当先。分手时，大伙儿开玩笑：老范，小北今晚交给你了！没想到，大款范和小北还真有故事了，而且进展特快。小北很快顺利地离婚。

小北离婚后，就和大款范住到了一起，两人甚是恩爱。

一年多后，我们几个朋友相约去小北家玩。小北热情接待了我们。只见她衣着华丽，满面春风。我们问她，怎么好久不见你的作品了？小北说，没灵感啦。说着，便去阳台浇花。我们跟着过去了。小北的阳台上养着一株依米花。小北说，这花是先生的朋友去非洲旅游时给她带的。小北还说，这花可难养，水多了也不好，少了也不好。

朋友中一个女的问小北：啥时开花呀？

小北说，不知道，自从养了它，还没见它开花呢。

合　唱

○相裕亭

连山乡，因境内有两座相连的山峰而得名。

山上，长年驻守着雷达兵。

天气晴好时，隐隐约约能够看到一个篱笆墙似的银灰色的大“锅盔”在蓝天白云之间缓慢而有规律地转动。但更多的时候，山峰及坐落在山峰之巅的那个大“锅盔”，被飘渺的云雾给锁住了。山很高，山上常年云盘雾绕。

远城的游客以及山脚下的少男少女们，常来游玩、观赏风景，攀至山顶。并以转动的雷达和绿色的营房为背景，拍下一张张置身于蓝天白云间的风景照，带回去作“到此一游”来欣赏。

远城的报纸、电视，每年也都报道几回地方民政部门或团委、妇联组织青年团员上山慰问雷达兵，或是给雷达官兵们送书籍及拆洗被褥的消息。

小林到连山任乡长的那年春节，乡里的民政助理吴家成跟他汇报上山慰问雷达兵的有关事宜时，小林乡长兴致很高，当即表态说：“好，到时候只要我有时间，跟你一起到山上去看看。”

小林乡长说“去看看”，一半是公务在身，一半是出于好奇。他到连山任乡长半年多了，还没有真正爬过这座山。

山上的官兵得知山下新来的乡长要上山慰问，群情振奋，昼夜编排文艺节目，准备以汇报演出的形式，欢迎新来的乡长上山看望他们。

不巧，真到了上山的日子，大雪封了山道。原本可以让吉普车送一程的，只能徒步而行了。

山上的官兵电话中得知小林乡长已经上山的确切消息，如同接到“一级战备”的命令，全副武装，列队欢迎。

在雪山中跋涉了三个多小时的小林乡长，远远地看到皑皑白雪中的绿色营房顶上，打出了大红标语，真是好看。近了，才看清楚，那些大红的条幅，都是欢迎他小林乡长的。

一时间，小林乡长有些受宠若惊。他没有想到，在这与世隔绝的大山顶上，官兵们还会弄出如此热烈的场面。尤其是看到官兵们拉开场子，要为他献上一台文艺节目时，小林乡长更是始料未及。

第一个节目，是官兵们自编自演的说唱歌舞，大概的意思是，军民一家亲，热烈欢迎小林乡长上山来。在这个节目中间，穿插了小林乡长给他们递“红包”的一个慰问场面。

那是民政助理吴家成专门安排的，他在小林乡长上台递“红包”的时候，举起相机，“咔嚓咔嚓”地抓拍了五六张照片。接下来，是快板书。再接下来，是男声独唱、男声小合唱。但，不管是什么节目，一概没有乐队，没有灯光，没有婀娜多姿的姑娘们伴舞，没有徐徐敞开或合上的大幕。舞台上，唯一的伴奏设备，就是一台双卡录放机。所谓的“舞台”，也就是营房前面扫清积雪后的一小块空地。

小林乡长和山上的最高长官“一杠一星”的刘站长，并排坐在前面，总共不足一个班的雷达兵们，既是演员又是观众。他们演出时就到前面去表演，不演出时就昂首挺胸端坐在小林乡长和刘站长背后。前后演了七八个节目，战士们个个精神抖擞，斗志昂扬，连续上场的战士满脸是汗，头上热气腾腾。

最后一个节目是男声大合唱《咱当兵的人》。音乐响起时，坐在小林乡长旁边的刘站长也加入到演唱当中。顷刻间，洪亮而雄壮的歌声，响彻在蓝天白云间，回荡在空旷而宁静的山巅，萦绕在白雪皑皑、银装素裹的山谷。战士们的歌喉粗犷而奔放，尽管有些走调，可他们唱得铿锵有力，个个颈部青筋暴突，大滴大滴的汗水顺额而下。

小林乡长被战士们动情的演唱所感染，情不自禁地也跟着唱起来。一曲歌罢，台上齐刷刷地打起立正，个个都笔挺笔挺行起军礼。

台下，“啪啪啪”地响起一个单调而又孤寂的掌声。旁边的民政助理吴家成仍在“咔嚓咔嚓”地抓拍着。直到这时，小林乡长才意识到，整台节目，只有他一个观众。

那一刻，小林乡长的掌声戛然而止。他木木地走上台，与官兵们一一握手时，双眼情不自禁地流下滚滚热泪。

处方·买邻居

○老　马

处　方

如果不是有人怀疑他神经出了问题，白大夫恐怕不会提起这些事情。

喝酒的时候，他只是反复嘟囔一句话：那里不是人活的地方。

到西部山区扶贫之前，对于当地的经济和生活条件以至于风土人情，他从文字材料上有所了解，各类统计数字虽然抽象一些或者不那么准确，但还是能说明大部分真实的。贫穷，他也是有切身体会的。白大夫的老家在东南沿海地区的一个小镇子。小时候，他也曾去过住在乡下的姥姥家里。缺医少药是贫困边远地区的普遍现象，农村人不像城里人那么金贵，有点头疼脑热之类的小病小灾，除了喝碗热姜汤，拔拔热火罐子，再就是咬紧牙关硬抗了。早些年，有赤脚医生走村串户，医道虽不高明，但也能牲口和人一块儿治，偏方加迷信，也能解决问题，乡亲们都很认同。反正毛主席也说过，死人的事是经常发生的。即使出了医疗事故，也没人追究，倒添了些树阴底下的谈资和故事。那年头，健康这个字眼儿太文绉绉了，老百姓的嘴边是挂不上的。

尽管白大夫对这些事情并不陌生，但到了西部山区的村子里后，还是觉得那里的贫困超出了他的想象。

白大夫可不是个想像力贫乏的人。他小时候就立志成为一个想像力丰富的诗人。读医科大学，绝不是他发自内心的选择。他始终否认白求恩的事迹感染了自己并从此树立了救死扶伤的伟大理想。如果不是高中班主任老师的一句玩笑，他可能一生都不会穿上白大褂。他的字迹潦草到了令人难以置信的程度，常让任课老师头晕目眩，急得团团转。于是班主任取笑挖苦他，说他天生就是个当医生的材料，写出的字像大夫开的药方，只有药房的人和鬼才能看懂。没想到，他还真的报考了医科大学，而且一直读到博士。

高层次的人才当然要到高层次的单位工作，他也不例外。一毕业他就留在了大学附属医院。过了10个月，他又自愿参加了青年志愿扶贫团，到西部最贫困的山区医疗扶贫去了，时间为一年。

回来后，医院的领导专门表扬了他，称赞他的奉献精神。白大夫不知所措地抓耳挠腮，连说没什么辛苦的，自己上大学前也是啃窝窝头过来的。

没过几天，医生们的一些议论传到了院长的耳朵里。同事们背后说，白大夫扶贫一年竟变成了精神病。有一封患者来信，也称他神经出了毛病。

院领导听到此类反映着实吓了一跳，赶紧调查研究了一番。结果发现，问题出在白大夫开的处方上。他开出的药方，价格一般都在几块、十几块钱，几乎没有超出一百块钱的。同样的病，他的处方与其他大夫开的处方，在价格上相差甚远。那位写告状信的有一定级别的患者不满意，嫌大夫没有开好药，指着白大夫的鼻子大骂，说老子看一次感冒，都开几百块钱的药，你小子凭什么10块钱就打发了。白大夫生气了，大喝一声，你是要治病还是要挥霍？

科里的主任也不理解，质问他要是这么开药方，医院的收入怎么办。白大夫半天没言语，最后有气无力地告诉主任：我在农村这一年，开过的最大处方是70块钱，可能是习惯了，一时改不过来。他又长叹一口气，说，这70块钱使那位老乡的孩子不得不辍学。

买邻居

按照房地产开发商的说法，现代人的居家理念应彻底改变，买房子主要是买环境、买邻居。环境优美，邻居高贵，自然能提升人的品位和房子的价格。开发商要赚钱，消费者要改善居住条件，二者不谋而合，达到双赢。

我对买房子就是买邻居的主张格外拥护，并费了很多唾沫说服劝诱我那观念守旧死不开窍的老婆。为了让她搬家，我从“孟母三迁”的典故说起，整整用了一个月的工夫，把嘴皮子都快磨破了，终于让她相信拥有一个好邻居简直就是一笔财富，当然是无形资产。不像我现在的这些邻居，一个个蓬头垢面，贼眉鼠眼，与他们为伍，八辈子也不会成为受人尊重的名流。

我开始寻找有好邻居的住宅。什么是好邻居呢？当然是有名望的人物。我和老婆最大的理想是选择一处前后左右分别住着著名歌唱家、作家、科学家和公安局长这种邻居的地方。我希望我女儿的哑嗓子能在歌唱家免费的歌声熏陶下发出悦耳动听的声音。我们还打算她能与著名作家的儿子交往，说不定会得到作家的亲自指导，用不了多久就会在某项全国作文大奖赛中脱颖而出。科学家肯定是位热心人而且独具慧眼，只要经他一点拨，我孩子就会茅塞顿开，恍然大悟，到那时，看我怎么教训她的数学老师。他有一次竟敢当着全班同学的面，骂我女儿是个白痴，还断定是父母近亲结婚的产物。至于选择公安局长做邻居，这个道理我不说别人也会知道，图个安全呗。与这种有权有势的人物做邻居，谁还敢碰咱，连防盗门都不用安。没准儿，有人送礼认错了门儿，我们还能白捞个意外之财呢！

我跑遍了名人住宅，四处打听歌唱家、作家、科学家和公安局长的住址。呸，没人肯告诉我们。有人还说我得了大脑炎，应该找个医生当邻居。乍一听，我觉得挺有道理，后来一琢磨，敢情是骂我。我是得过大脑炎，那是小时候的事儿，现在的我，智商早超出了一般人，哪个不服气，比比看到底谁的钱多。呸！

我终于找到了一处叫做“名人豪居”的住宅住了下来，虽然周围的房子还都空着，我相信，用不了多长时间，歌唱家、大作家、科学家和公安局长都会搬过来。

不到一个月，我隔壁的那套房子就有人入住了。打眼一看，就知道是位知名人士，但说不准是艺术界还是科学界的哪一种。只要他或她一练嗓子，我保准能区别出来。

果然不出我所料，这位邻居是位音乐家，从进住的当天起，他家白天黑夜都开着音响，那声音把我家新安装的客厅吊顶灯都给震下了。

我很想结识这位邻居，但一直没见他出门，贸然拜访又怕人笑话。正当我在屋子里想辙的时候，门铃响了，我一开门，正是我那位名流邻居，我赶紧把他迎进客厅。没等我开口，邻居便问，您是导演吧？哦，不不……那您是作家吗？哦，不，不……那您肯定是歌唱家或者市长喽！不，不……您别客气。邻居从兜里掏出个精美的笔记本又说，不管您是什么家，都请您帮我签个名。我儿子就是冲着这里住着的邻居都是名人才逼着我买下这座房子的……呸，我把他赶了出去。

后来，我周围的那几间空房子都搬进了住户。我家的门铃被按响了许多次，每一次都是让我签名。我无法满足他们的要求。最亏的是我，我本想在我的名片上印上××名人之邻居的字样，但至今未能实现。

小亲戚

○巩高峰

在幼儿园的最后一年春天，我家院子里多了一棵树，是梨树。

它一进院子就占了两个花盆的位置，我好大不乐意。院子里的地盘向来都是我的呀，如今这么一棵黑乎乎、丑兮兮、还好多疙瘩眼儿的小树，轻而易举就攻进了我的花园。母亲向我保证，今年栽活它，明年就挂果了。

挂果我是懂的。所以想象着明年梨树丰收的景象，我默认了。

见我兴致不高，母亲说，这可不是普通的梨树，是嫁接过的好品种，苹果梨。

嫁接什么意思我就不明白了。母亲边挖坑、浇水、培土，边解释，就是把苹果的枝条嫁接到梨树上，结的是梨，但有苹果的形状，味道也更好。

哦，那如果把牛嫁接到羊身上，或者兔子嫁接到猪身上，是不是也会生出来更先进更好的品种呢?

母亲白了我一眼，走了。

不过这棵嫁接过的梨树从此就成了我的希望，能在自家院子里摘水果吃，这是比上天摘星星都美好的事情啊。所以，天晴得久了我就盼着下雨，天阴得久了我就想给它撑伞，秋天落了叶子我在一旁惆怅得直抹眼泪，冬天大雪，我悄悄找了个麻袋片给它裹上。

第二年的春天终于来了，缓慢得让我觉得过年都很讨厌。

一夜醒来，梨树竟然白了一圈。我急得鞋也没穿就跑去看，它开花了。天哪，原来梨树是先开花，后长叶子的。

一树花，夏天就是一树梨子啊。我笑了一天，总也合不拢嘴。

哪里想得到呢，花开满树，落了之后，竟然只剩下四个小拇指大小的青梨。见我愤怒又失望，母亲笑着说，这么棵小梨树，它能有多少养分，第一年能结四个梨就不错啦。要是让你拉着犁下地耕田，你行吗？

当然不行，那是牛和驴子才能做的事情。

好在我明白母亲的意思了。还能怎么办呢，我把自己挂上去也不过就五个。好在梨树越来越茂盛，叶子绿黑绿黑的。除了阳光、空气我不能给它，水、粪、希望、鼓励、梦想，我都能给。所以看着几个小拇指长成了大拇指，我觉得我的力量它们已经接收了。

夏天是随着暴风雨和骄阳来的。这两个交替统治院子的时候，我只能躲在屋里，或者泡在屋后的池塘里。熬过了夏天，我会黑一点瘦一点高一点，年级也会升一格。而梨子，也就快熟啦。

我还美着呢，一场暴风雨过后，拇指大的梨子没了，因为风雨里夹杂着冰雹。从泥泞的地上找到三个梨子，我眼泪都出来了。第四个我是在一片梨树叶底下找到的，它幸存着。意外的庆幸冲淡了无可奈何风吹去的忧伤，有一个总比全军覆没强嘛。我感谢那片危难之时显身手的树叶，它保存了最后一个希望。

那个幸运儿在一天一天膨胀，渐渐有如我拳头大小。我每天去看它N次，有N+1次想动手摘它下来。

与其让暴风雨摧残，不如先到我肚子里躲躲吧。

母亲的呵斥断了我这个念头。理由有二：一是它还在长个儿，现在摘下来，简直是害它的命；二是它远没到成熟的时候，肯定又硬又涩。

那什么时候能熟到可以摘下来吃呢？

母亲给了我一个准确的日期：中秋节。

它越来越漂亮了，圆润得像个苹果，可皮肤上又布满了梨子才有的斑点。仔细看时，我好像能看到里面的果肉和汁液。它还躲在那片梨叶底下，可叶子已经盖不住它了。

中秋节终于要到了，因为舅舅他们一家又来了。每年他们都在中秋节前一天带好多好吃的、好玩的和表弟表妹来我家。

可是今年他们带了什么礼物我完全不关心，难道有我的苹果梨可爱吗？我只想中秋节快点到，那样梨子就会跑到水果盘里，我就可以用嘴去亲它啦。

不过，当前最紧要的是不让表弟表妹发现，他们可不是省油的灯。

不过怕什么来什么，表弟表妹刚进我家院子，一眼就发现了它。那个梨子确实已经黄灿灿得不像话，于是他们"啊"的一声围了过去，不仅看，还用手摸。

我急了，扑上去一把打掉了他们的小手，这个梨子我都舍不得摸，你们凭什么这么随便这么粗鲁。

被我连打带吓，俩人哇哇大哭。我愤怒地鄙视着他们，完全没留意母亲已经微笑着满足了他们的愿望。一道阴影掠过，母亲已经拧下了梨，洗了切了，塞到他们手里。

母亲竟然只切成两半，还安慰并挑唆他们，让他们自己吃，别理我这个不懂事儿的小表哥。

我要昏过去了。

三百多天里，我每天看望它，培养它，呵护它，可中秋节的前一天，它被切成了两半，而且没我的份。

表弟表妹早已破涕为笑，小口咬着那个苹果梨，果肉在他们的口中粉碎，汁液迸射。他们俩在我面前一口一口，不时感叹一声真甜。

眼见一个漂亮得让人心碎的苹果梨变成梨核，我终于忍不住，眼泪

“唰”地流了出来。

舅舅舅妈不知道该怎么办，因为他们越劝，我哭得就越厉害，直到母亲停止嘲笑，安慰我说弟弟妹妹是小亲戚，要让着他们。梨树第一年结果不好吃的，明年才甜呢，而且明年会结得更多，都让我一个人吃。

我知道母亲在骗我，可我毫无办法。我是如此绝望，梨没了，被吃到小亲戚的肚子里了，除了放声大哭，我没有任何选择。

那年冬天，我家因为要翻盖筹备很久的新房子，就拆了院子，挖了所有的花，砍了那棵梨树。

无名草

○覃　旭

凤崖村原来春夏秋三季要到岩口挑水吃，来回一小时。岩口洞窄路滑壁陡水深，要照明才能吊起水，曾经因此跌死过人。冬天水落吊不出，只能吃大塘水。大塘在村前，除了挑水吃，洗菜、洗衣也都在里面。水脏，吃了常拉肚子。好在无名草能治，好在村边有的是无名草。

前年，县、乡里帮村里搞成自来水，由各户买管接水进家。村民穷，不愿买铁管，都买塑料管。村小学的韦老师看见大路边的管埋得太浅，就对负责施工的青年说："多用点力，挖深点埋深点，不然车来牛往容易把管压裂。"没有人听他的。

用上自来水，村民很高兴，但很快便习惯了，好像从没有过岩口挑水和吃脏水的苦。

正像韦老师讲的，才过一年，路边的水管就被压裂几处，日夜不停地漏水，浸湿路面。车碾牛踩，湿泥渐渐烂成浆、成坑、成沟。人下不了脚，就绕道从墙根过，从菜园过。没有人想办法修水管，只有韦老师趁水停时用水泥堵裂缝。旁观人笑道：这不是拿沙子塞泉眼吗？果然不久，水又开始漏了。久而久之，漏处积水成塘，可供鸭子游玩。

有药贩听说凤崖村无名草多，进村收购，价钱不低，村民争着扯草卖。看到草越扯越少，韦老师多次对大家讲：留点做本嘛，不然哪天自来水一断就傻眼了。没有人听他的。他也开始扯，但不卖。

夏天，抽水房的电表被雷劈坏。供电所叫买新的，村里不买，被断电，水也停了。村民骂过娘后又到岩口挑水吃，很快又习以为常。村里开过几次会讨论筹钱买电表，都没有结果。

大路湿处渐干，人们又可以直来直往，就有人说：没有自来水也有没有自来水的好处。

冬季，村民自然地又吃大塘水。自然又有很多人拉肚子。起初还找得到无名草，后来一根都找不到了。韦老师这时才卖草，价钱比药贩收的高几倍。人们骂他，但又不得不买他的。

韦老师用卖草的钱买了一个新电表，装在抽水房。村民又吃上自来水，很快又习以为常。

只有韦老师担心：下次怎么办?

他更加用心地教村里的学生。

两个老太太

○巫国明

俄罗斯老太太玛斯诺娃常迈着颤颤的步子，从关卡那边走到我们这边来，大包小包地买好中国货，然后又颤颤地折回她的祖国去贩卖。肥胖的玛斯诺娃过来的时候，总要请一个中国人仆人似的跟在身后，帮她拎大包小包的货物，走时就给这“仆人”一点儿小费。

这天玛斯诺娃买好了货，带着她的临时仆人——一个干瘦的中国老太太——来到我的商场打尖。一进门，她就冲着我嚷：“安德烈，你快来说说看，这个中国老太太究竟怎么了?”其实我叫周密，只为更好适应中俄边贸的需要，我自己取了个俄罗斯名字。我说：“玛斯诺娃小姐，怎么回事呢?”

玛斯诺娃老太太哭丧着脸，指了指站在门口帮她拎东西的中国老太太，然后对我说：“你以后能不能介绍一个有教养的人给我帮忙，她、她……”她比划着告诉我，意思是这个中国老太太没教养，刚才竟在大街上，当众很响地擤了一大把鼻涕甩在地上，还把那只擤过鼻涕的手伸到鞋底下擦擦。这么不讲卫生又极其不雅的行为，让她感到既恶心又难堪，丢了她的脸。玛斯诺娃边说边模仿中国老太太擤鼻甩涕的动作，还抬起那条水桶一样粗的小腿，伸手在鞋底下夸张地佯揩了两下。门口的中国老太太知道玛斯诺娃在说她的不是，老脸挂不住了，耷拉着头，像个做错事的小孩。

“怎么可以这样做呢，安德烈？教养呀！你们中国人……”玛斯诺娃反复叫嚷。我被她说得尴尬万分，几乎达到恼羞成怒的程度。再看看那个衣着朴素的中国老太太，一副被人嫌弃的可怜样，我作为中国人的自尊心一下子膨胀到了极点，我大声道：“玛斯诺娃小姐，不好的习惯人皆有之，一个民族、一个国家也不例外，我相信经你指出后，我们中国人一定会改掉的。不过像你，毛病也不少呀，比如你每次过来都要雇一个中国人当仆人，其实你那些东西自带也绰绰有余，可是你……你这样做无非就是要摆摆谱，虚荣心作祟……”

“住嘴！安德烈，我告诉你，雇用仆人本是我们家族的传统，是我们家族地位的象征，我的爷爷那一辈就是不折不扣的贵族，还获得过沙皇授予的勋章。”玛斯诺娃提高了声调，激动地抢白道。

“这就是虚荣心，伪贵族！再说你们俄罗斯人，有事没事都镶一两颗金牙，这比起我们中国老太太当街甩鼻涕好看不了多少。”我强词夺理，蛮横攻击，以掩盖国人的陋习，维护我们中国人的国际形象。

“胡说八道！安德烈，原来你是这样看俄罗斯人的。告诉你，我们镶金牙是一种修养，一种富足，一种审美情趣……天呀，我快让你气疯了，你竟如此误解我们。”玛斯诺娃痛苦地尖叫着，转身走到中国老太太面前，把几包东西接了过来，挂在自己身上，然后掏出几张钞票递给中国老太太，“不管怎样，我还得谢谢你才是。”她虽然心存怨气，但仍礼貌地道了谢。中国老太太没接她的钱，转身快步走了。

玛斯诺娃呆呆地站了半晌，然后走到我面前哭丧着脸说：“安德烈，她不收我的小费，她侮辱我。”我说你别误会，她只是因为被你嫌弃而伤心，不好意思要你的小费而已。玛斯诺娃听了沉重地说：“我是自取其辱，我伤害她的自尊心了。我应该当面指出她的不对才是，而不该跑你这里饶舌告状。安德烈，这小费你得替她收下，见到她一定要转达我的歉意。再见了——”玛斯诺娃说完，放下钞票，备受打击似的一步一步走出我的商店，颤颤地加入过关的人流。我看着她肥大的背影远去，敬重之情油然而生，竟忘了向她说再见。我深深地愧疚着，为我们中国人那些不讲卫生的陋习，为我刚才的无礼。

两个月后，我好不容易找到了那位中国老太太。我把玛斯诺娃留下的钱塞到她手上，她坚决不收。我说大娘你就收下吧，玛斯诺娃每次过来第一句话就问找到你没有，这钱都成了她的心病了。在我再三请求下，她最后才把钱收了。可第二天一大早，她就来到我的商店，把一瓶子金红色的鱼子酱交给我，叫我转交给玛斯诺娃。“那个老毛婆子……”她不好意思说什么，只是用亲昵的语气骂了一句。唠嗑开了，我才知道那次之后，这位中国老太太就再也没出来给外国人拎东西了。“有些习惯吧，都改了，可就怕改不彻底，万一顺手又犯了，丢人现眼不说，还给咱中国人脸上抹黑。你说为几个小钱值吗，大兄弟?”

大娘的话朴实得像白桦树飘下的叶子，却让我感动得半天答不上话来。我只是紧紧攥着那瓶金红色的鱼子酱，像要从中掂出两个老太婆的分量。不，那也应该是两个民族的分量吧。

逃往开封

○郑兢业

“文化大革命”“捷报”传得最频的那年夏季，一封发自开封的急电飞到了我家：我爸病重住院，让妈速去服侍。

临行前，妈特意叮嘱我：“你少耍点儿驴脾气。”平日，平息我与哥哥的拳来脚往，是妈干不完的“家务”。

妈走的次日晚，新任家主我哥把全家人——姐、弟、我叫到一起，虎着脸宣布，妈临走放家五块——至少是五块零花钱被盗。尽管妈走时他正在公社参加不知砸烂谁的狗头的批判大会，他却心明眼亮，毫不费事地断言，这种胆大妄为的壮举非我莫属。他借用毛泽东“历史的经验值得注意”的“最高指示”——作为他作出这一判断的依据。

我是有些“历史问题”的。我曾偷偷拆掉过家里炉灶中的炉条，解掉过院子里晒衣服的麻绳换过梨膏糖。可这五块钱，别说没见，见了也不敢拿。“哥，谁要是见那五块钱啦，是这么大个——”我比划了个鏊子底那么大的老鳖。

“我知道你是属鸡的，嘴硬，可你也得认清当前的形势，就不兴革革你的命？两天内不交出那钱，我叫真理战斗队斗你，就跟斗地富反坏右一样。”

虽说不咋怕哥，“真理战斗队”可叫人惧怕。别说村里“阶级敌人”提起来就腿肚子转筋，连村上的狗见了他们，也赶紧夹了尾巴慌忙而逃，跑得慢了怕被打死吃肉。

我得逃走，找爸妈诉告冤屈。尽管我尚不知三十六计走为上，可躲灾避难的本能，把我引上了明智之途。主意已定，便急备路费。先用柴火棒扒拉出密藏于墙缝的整个家当——硬分币的全部样品，又向最好的朋友富军求援。他慷慨地援助我三个五分硬币，和一条谋求路费的妙计。

翌日天没大亮，趁姐没放鸡窝，我逮出一只老母鸡，仓皇而逃。

在公社所在地的早集上，母鸡换了三块钱和去开封的方向指点：蔡庄公社所在地有通开封的长途汽车。

尽管是逃跑，也没忘了是要进城，特意穿上了新布鞋。然而新鞋硌脚，很快把脚趾“咬”出了血泡，只好脱了鞋夹在腋下，光了脚丫，惊兔般奔跑在野草夹道的乡陌上。我家离蔡庄 10 公里，当我汗流浃背跑到车站一打听，心一下提到了嗓子眼儿：“文化大革命”把汽车也革出了神经病，过去每日一趟的班车变成了“想来就来”。

终于，在拥挤的人群中，我拼命挤上了去开封的长途汽车。随着汽车拖出一溜烟尘，我又想起哥哥对我的冤屈，内心暗语：混蛋哥哥，你就是骑马也追不上我了。

这是头一次坐汽车。起初，我并不贪心享受更多的新奇，路边树影箭一样射入我的双眸，讶然张圆了的嘴久久不能闭合。车在高低不平的石子路上颠簸。我坐在车的前部，忙里偷闲张望一下后部，那些在座位上一颠老高的人令我生妒：都是掏了钱的，他们凭啥坐后头，比我颠得高，晃荡得很，那一定很得劲儿，跟荡秋千似的。我不甘心前部乘客比后部乘客稳当得多的“不幸遭遇”，拧紧的眉头不多时掉下个良谋：我选中了有可能成全我的人，最后排那个四十多岁的男人，看着最面善。我从前头试巴着挪到他跟前，吐出的话像在蜜里打了个滚：“大叔，咱爷俩换换座位吧，我赔你个甜瓜。”

我卖过鸡买了两个甜瓜，是给爹娘备的见面礼物。自己又饥又渴都舍不得吃，却舍得去换“荡秋千”样的座位。

我暗暗祝贺自个讨了便宜，一个甜瓜就换得了后排座位，那大叔八成是个傻瓜。好位置不能浪费，我也不扶前排的扶手，像个蹦天猴，任它颠上颠下，起初我没敢展览全部得意，怕那换位的大叔反悔。当我断定他不是那号反悔的人，便放了性惊号狂笑。那时倘有人问：你为啥离家？到何处去？你爹是谁？我一准答不上来。我已高兴迷了——从尉氏到开封，一路心花怒放。偶有兴不高采不烈，那是因了道路平坦，车颠得太轻。

一走出车门，便走出了梦境。我站在出站口，傻子似的对着蚂蚁求雨般的人流茫然无措。直到一位五十多岁的老伯推着三轮车来到我面前，问我到哪里去，我才如梦初醒，递给他个皱巴巴的信封。他看了地址说：三毛钱把你送到。

我被拉到演武厅街原开封地区油脂公司，一打听，该单位已撤销，人员去了地区粮食局。老伯二话没说，掉头向北。时值盛夏午后，且无风无云，毒日头烤得马路流油，车轮滚过，轧出道道辙迹。到了地区粮食局单身宿舍，他敲开一个门打听，大概是敲乱了人家的午梦吧，门缝里溜出一声挤扁了的声音：“不知道!”

三轮车停在槐树荫下，老伯无奈地说：小孩，今个先在我家住一夜，明个回老家去吧。

我什么也没说，什么也说不出，两行泪水汇合了腮边的汗珠。我掏出所有的钱捧给大伯。他断然推开我的手，又转身去敲另一家的门……

好一会儿，他迈着快步回到车前：打听到啦，你爹在包府坑家属院。来，擦把脸，别像个泥猴样去见爹娘。说罢，亲手给我擦去了泪痕和汗渍……

我的状告赢了，妈并没放家五块钱。

以后，我有幸在开封工作了多年，每每漫步街头，总情不自禁地目送目迎着过往的三轮车，执著地寻觅着老伯影子……

哎

〇半　文

一

“哎！明儿有空不?”

“哎！喜欢槐花不?”

“哎！明儿吃过夜饭，月亮上来那会儿，能去看村北那树槐花不?”

“哎！你妈会拦着你不?”

“哎！你那条大黄会跟着你不?”

“哎！让我闻闻你头发上的槐花香气行不?”

最初的时候，这“哎”字，是轻盈的、短促的、跳跃的，像一朵即将绽放的槐花，充满了羞涩，不安，紧张。空气里，散发着一丝丝甜甜的香气。

月亮底下，槐花香里，他拥住了她。

“哎！你说你爹你娘现在正干吗哩?”

“哎！你猜大黄死哪里去了?”

“哎！我们能那样不?”

“哎！……”

他从她的舌尖上，尝到了槐花的味道。一朵花的甜，一朵花的香，一朵花的清涩，在舌尖上，花一样开放。

月亮大大的，圆圆的，白白的，像一个透明的眼神。

大黄欢天喜地，在月亮底下，追逐一个奔跑的影子。

二

“哎！把那块擦脚布给我拿来。”

“哎！就在门口那椅子背上。”

“哎！饭还没烧好？”

“哎！去小店买包烟。”

“哎！没手纸了。”

“哎！……”

一个“哎”字，用了去声。狠狠地，又像是无意识地，把一块石头，丢进了水里，没有一丝怜惜。

对她来说，生活是个陀螺，而他是她命定的索，让她在一个“哎”字里，不停地转啊转。她放下手中绣着的一朵槐花，理一把日渐蓬乱的鬓发，去小店，给他买一包牡丹。

他吸一口牡丹，吐出一朵烟花，长长的，浓浓的，让她想起一朵花的开放。一朵槐花，开放了。花期将尽，谁都挡不住一朵花的凋零，就像挡不住一朵烟花的消散。

“哎！去把床上那把蒲扇拿来。”

“哎！给他（儿子）打个电话。叫他以后不要再进这个家了。”

“哎！鸡蛋还有不？炒两个，我和兄弟喝酒。”

她拿出两个鸡蛋，看了看空了的盆子。

他正在院子里，一树槐花下，和他的兄弟，为一步棋争得面红耳赤。

三

“哎！往后谁给我挠痒哩！”

“哎！往后谁给我倒尿哩！”

“哎！往后谁给我铺床哩！”

“哎！往后谁给我醒酒哩！”

“哎！……”

他的“哎”字，越拉越长，荒草一样蔓延。

她怎么就去了？在他还没有同意的时候。

火化室里，他拿着签字笔，怎么都想不起她的名字。他“哎”了她几十年，竟把她的名字都忘记了。

他想起了那个白白的月亮。想起了村北那棵槐树。想起了那一丝丝甜甜的花香。那些，不都还在吗？她怎么就没了。

他抖着手，写下：“槐花”。

“哎！槐花。就叫槐花吧。”

说完这最后一个“哎”字，他的喉头，突然，被什么堵住了。

再说不出一个整字来。

科罗拉多的月光

〇田双伶

有月亮的晚上，秦素素会到我的住处来。

我租住在市郊一个顶层的小复式里。楼上有天窗的小屋，是我的茶室。两把藤椅，一张木茶台，几盆绿萝。夜晚，我常常端着茶杯，眺望远处路上的车流灯河，看夜晚的星空，看上弦月何时隐，下弦月何时升，还有，看近处楼房里的灯火，和月亮一样，明起来，暗下去。

她每次来，都会喝与上次不同的茶。而我喝的，只有彩云红。我说，素素你就没有爱喝的一种茶吗？就像你不知道到底喜欢哪种男人一样。

她拂开遮住额头的长发挂在耳后，说，谁说没有。

她说的是陆子文，一位浪漫不羁的版画家。在一次画展上，我见过他。我讨厌他那一头乱而蓬松的鬈发，还有飘忽的眼神。我想他内心一定和他画的内容一样，抽象而迷茫。可是，素素发疯一样爱上了他。她说，你不知道，他的每幅画里，都会有月亮，有弯月、圆月，有远月、近月，水中月、云遮月……你不知道，他的眼神和他画里的月亮一样，多么神秘，多么让人迷醉。

是的，迷醉。她迷醉了。朋友们对她忘我的迷醉，从鼻子里生出一丝冷气来。当她迷醉到离不开他的时候，陆子文却说他要去遥远的科罗拉多。留给素素的，是一首叫《科罗拉多的月光》的歌，和天上遥不可及的月亮。

秦素素轻轻地唱起来："你曾经说秋后嫁给我，我一直念念不忘。每当月光照到科罗拉多，你是否依然在等待盼望……"唱完了，她说，陆子文临走的时候，唱这首歌给我听。他说有月亮的晚上，会在月下想念我，想我时就会唱起这首歌。你们都知道我爱上他了，是吗？可是你们却不知道，爱是去路，没有归途。

秦素素不来的时候，或是下弦月时，我会独自一人，泡上一杯彩云红，看着杯底红色的茶雾一丝丝一缕缕一团团地飘散开来。我喜欢不同的月亮，朦胧的光晕里，那些云月、风月、花月。有一个人曾经陪着我，一起看山中的月，湖边的月，松下的月……可是，月亮依然在这里，那个人去了哪儿？

送我彩云红的那个男子，喜欢和我一起坐在月光下，品茶。那个人曾对我说：等有月亮的晚上，我陪你喝彩云红，好不好？可那天送我茶后，就再也没有见到他。

每个有月亮的晚上，我都会靠窗而坐，对着不远处的那扇窗发呆。隐约看见窗里亮起的灯光，在我脑海里幻化出一个画面：女主人会把一盘盘袅着香气的饭菜端上餐桌，等着男人回家。那个俊朗的男人回到家，看到这一切，一定会自心底生起温馨，忘记月下等待和他一起喝茶的人。

而素素，走马灯一样和不同的男人约会。她喝酒、抽烟，喝很浓很苦的咖啡，我无奈地看着她美丽的容颜一天天地憔悴。谁也无法猜到光鲜璀璨的青春中，隐藏的是怎样的划痕。

我说，素素，你不要这样，陆子文还要接你一起去科罗拉多呢。

她轻叹一声，去了科罗拉多，看的不还是这一个月亮？我看到她的面容上有盈盈的光迷离闪烁。是两行清冷的泪。忽而，她弹掉烟灰，目光定定地望着我，说，我要走了，你会不会想我？

我说，我才不想你呢。你在美丽的科罗拉多，身边有陆子文陪你看月亮，我想你做什么？

她垂下头，长发遮住了脸。瘦弱的她，如一只水边倦栖的苍鹭。忽然她用双手捂住了脸庞，哽咽着，没有一个人想我，我会孤单的。

我把烧开的水续进茶杯，递给她。温热的茶杯捧在手里，一股暖意洇遍全身。玻璃窗外，夜空旷远无边。若是她走了，去了美丽的科罗拉多，这个城市只剩下我孤零零地坐在楼台上看月亮。也许，只有这月亮能知我心意，陪伴我。月下，我可以望月、问月，我可以举杯邀明月，对影成三人……

她起身去拿烟盒，看到了红方筒的彩云红，抓起来要扔，你不要再喝这种茶了。我从她手里夺过茶筒，死死抱住，说，我就爱喝。

苍凉的月下，我们相对而坐，如两尊破败的神像。

我说，素素，我们藏在自己织的茧里，出不来了。我们都不再说话，仰脸望月，让清寒的月光在脸上染上一层如霜的薄凉。

秦素素走后，月亮也走了。它躲进了云层，也许是云遮笼了它。就像一个害羞的女子，轻轻地依偎进爱人的怀里。

对面楼里的灯光也一处处黯下去。我面前剩下一地寂寂的烟灰，和杯里渐渐凉去的残茶。我倒尽残茶，昏然睡去。

那天，我在附近的一条小街上闲走，蓦地看到一个人。我追上他。我瞪大了眼睛——陆子文！

是陆子文。他漠然地望着我，目光很远，让我恍惚着，仿佛远到了天边。

你不是在科罗拉多吗？你什么时候回来的？我说，你知道吗？每个有月亮的晚上，素素都在等你，思念你。她有胃病有胆囊炎，可还是一次次地醉了酒，她一天天地瘦下去，瘦下去了呀……

陆子文定定地听着，双眼迷茫地看着我：我没有去科罗拉多，我一直在这里。我没有让她等。她是何苦呢？

秦素素，她知道吗？

她当然知道。陆子文定定地说，她一直都知道。

那一瞬间，我听到心里轰然坍塌的声音。

素素，天下女子最悲哀的事情，是苦等一个人，他却不知；即使知道，却是漠然。素素，为何不转身？一转身，就是陌路；一转身，就音尘永绝。我们已经辜负了春花秋月，还有什么不能辜负的？

向晚时分，又大又圆的月亮悬在空旷的夜空。明月照高楼，流光正徘徊。对面的灯光又亮起来。我想，该搬家了。

我冲了一杯绿茶，偎进藤椅，等秦素素来。

我想和她说，我们曾经错过了多少美好的清晨，不要再看月亮了，好不好？明天，我们一起去看看太阳，好不好？

祖传古陶

○侯发山

陈富余是镇里的大户人家，祖上曾做过清朝的七品官员，家里收藏了不少值钱的宝贝。其中有一古陶，具体说是一个唐三彩陶俑。据说这种玩意由于在制作过程中釉质的自然下流，烧制好的唐三彩会产生许多复杂奇妙的变化，因此，没有任何两件真正的唐三彩作品是完全一样的，所以说这是一件价值连城的宝贝。镇里人都知道陈家有这个宝贝，但都没亲眼见过。镇上开古玩店的富商周聚财曾提出要以自家店里的全部古玩换这个古陶，被陈富余婉言拒绝了。

周聚财想不到，后来陈富余亲自把这个古陶送到他的店里。当陈富余小心翼翼地从一个匣子里捧出古陶时，周聚财的眼睛都直了，因为这个古陶太精美了：陶俑是个武士俑，右手握剑，左手执盾，一身蒙古骑兵装束，强壮有力、神态潇洒；造型生动别致，彩饰新颖细腻，釉色莹润鲜亮，有一种斑斓富丽的艺术效果。

没等周聚财说出心中的疑问，陈富余说，周兄，眼下日本人打进来了，我想为国出力参加八路军。可是这一去，生死未卜福祸难料，带着这个古陶实在不便，所以想请周兄代为保管。

周聚财沉思良久，长出了口气，说陈兄这么信任我，我十分感激……可这古陶非同一般，若有个闪失，我担待不起啊。

陈富余异常恳切地说，周兄，若把古陶放在家里，丢了愧对祖先，被小日本抢去我就成了千古罪人……咱这个小镇唯有你诚信忠厚可以托付，请老兄不要推辞。

周聚财不好再说什么，再说就显得自己不仁不义小家子气，只好答应下来。

陈富余说谢谢周兄，我如果五年后回不来，古陶就是你的了，你可以随意处置。

周聚财忙摆了摆手，说陈兄千万不要这么说，你能为了国家背井离乡抛家舍业，我们周家就不能给你保存好一个古陶？别说五年，就是过了五十年、一百年，古陶还是你们陈家的。

就这样，古陶到了周聚财的手里。

半年后，日本人来到了小镇，从汉奸嘴里知道周聚财保存着古陶，就逼迫周聚财交出古陶。周聚财当然不承认自己保存着古陶，说他根本就没见过古陶。日本人就把周聚财绑起来，先是用皮鞭抽，后是灌辣椒水……周聚财被折磨得死去活来还是不愿交出古陶。日本人恼羞成怒，就把周聚财的太太也捆绑起来，举起刺刀问周聚财，问他是要老婆还是要古陶。周聚财眼里喷火心里流血，说我没有古陶。惨无人道的日本人就一刀把周太太戳死了。

为了给母亲报仇，周聚财的大儿子周通没成年就随八路军的部队走了。

后来，国民党的军队来到了小镇，其中有一个军官爱好古玩，他知道周聚财保存着古陶，要他交出古陶。周聚财自然不承认自己保存着古陶，说他根本就没见过古陶。这位军官的手下就把周聚财绑了起来，先是用皮鞭抽，后是灌辣椒水……最后，周聚财被折磨得死去活来还是不愿交出古陶。这位军官恼羞成怒，就命人把周聚财的小儿子周到捆绑起来，拿枪指着周到的脑袋，问周聚财要儿子还是要古陶。周聚财眼里喷火心里流血，嘶哑着说你们放了我儿子，我没有古陶。他话音刚落，只听“砰”的一声，周到就倒在了血泊中。

太太死了，儿子死了，周聚财悲伤过度积郁成疾，解放那年就病逝了。他临咽气前把古陶交给大儿子周通，说，孩子，保存好古陶，将来交给陈家，我在九泉之下也就瞑目了。周聚财死时只有四十九岁。

周通从一个士兵干到团长，后来转业到地方当了某局的局长。在十年动乱中因古陶受到牵连，被削职为民，回到了小镇。

大约又过十年，一个香港的阔老板辗转找到了周通，他就是陈富余的儿子陈安。周通把古陶交给了陈安。看到完好无损的古陶，陈安感慨万千，最后他拿出一个装满钱的密码箱要给周通，说是作为周家保存古陶的报酬。没想到，周通拒绝了，他说我们周家人若是为了金钱，只怕早没这个古陶了。

陈安愣怔片刻，摩挲着古陶对周通说，其实这个古陶是个赝品！

周通大惊失色，说你是说我们周家给偷梁换柱了？

陈安万分愧疚地说，不，家父当年交给伯父的就是赝品！

周通眨巴着眼睛，迷惑不解。

陈安缓缓说道，当年周家和陈家都是镇上的大户，你们周家比我家殷实，而且在镇里也有威望，家父心里不服气。恰巧日本人来了，他深知在战争年代拥有金银财宝不是什么好事，便借口当兵入伍请求伯父代为保存古陶，想趁机借日本人之手教训一下周家，同时也是为了转移视线，免得世人知道祖传的古陶还在陈家。事实上，家父根本没参加八路军，而是辗转去了香港，把古陶换成现金做起了生意。二十多年前，当他打听到周家人为保护一个仿制的古陶竟然无辜地付出了三条性命后，自惭形秽，一病不起……说着话，陈安已是泪流满面，他一脸虔诚把古陶抱在怀里，说这个古陶虽然是赝品，但它胜过真品，我要把它作为宝贝一代一代传下去，告诉后人发生在它身上的故事。

乞 帅

○吴卫华

天宝十四年十一月，手握重兵的三镇节度使安禄山反自范阳，率精兵十五万攻城略地杀向长安。由于中原已多年没有战事，内地府兵制懈坏兵力空虚，致使很多郡县无兵可用，毫无应变准备，地方官吏闻叛军将至，或弃城而逃，或开门出迎，叛军没有遭遇什么抵抗就占领了许多地方。

大唐粮财基地江淮的门户睢阳，在张巡的固守下，像枚钉子一样死死地钉在叛军南下的要道上，硬生生地粘住十三万叛军。

睢阳早已城门死闭兵不出战两个月了，大唐的旗帜在城头上悲壮待援地呼救着，谯郡大帅许叔冀，临淮的河南节度使贺兰进明，虽在睢阳近旁，却漠不相救。张子奇的叛军早已习惯了睢阳城的死守，就像一个想吃烫山芋的人，在耐心地等那个灼手的山芋凉下来，他们想不到城内依然会有五十多精骑突然冲杀出来。为首的南霁云神弓怒张，每发一箭必贯穿敌军两三人，敌军数万人围截五十多人，却被南霁云的神箭硬生生射开一条通道，直奔离睢阳最近的临淮求救去了。

河南节度使贺兰进明看完张巡言词恳切的求救信后，再看看血满战袍的南霁云，有些奇怪睢阳一座孤城凭什么在十三万叛军的围攻下能固守不破。张巡自雍丘一战成名后，大受新皇帝肃宗的褒奖，官职连提，都提河南节度副使了，如果守城再成功，岂不越过他贺兰进明了？

贺兰进明那张向来喜怒不形于色的脸上，勉强挤出些同情的样子：

"南将军一路辛苦了，恐怕这时睢阳已经被叛军攻破了，我纵然发兵借粮，也于事无济了。"南霁云看他无意相救，不由悲愤难忍，流下泪来："睢阳死守待救，望眼欲穿，如果霁云空劳大人发兵，我愿一死向大人谢罪！"贺兰进明不为所动："我职守临淮，怎敢虚城而出。"南霁云越发悲愤："睢阳和临淮如皮毛相依，睢阳要是被灭了，叛军必然转攻临淮，大人怎能不救？"说完放声大哭，声震屋瓦。贺兰进明并不关心睢阳的安危，他甚至期望张巡被叛军砍下人头，但他喜欢上了南霁云的赤忠神勇，想留为己用："南将军勇武过人，我深为敬佩，请先用饭，再做他议。"

贺兰进明不仅盛宴款待南霁云，还让他的将领和幕僚作陪。众人入席，贺兰进明向强忍悲愤的南霁云笑说："我这儿有一个长安的乐伎，弹得一手好琵琶，待我唤出给南将军弹奏助酒兴。"

当贺兰进明口中的那个长安乐伎怀抱琵琶走进来时，南霁云根本没抬头，他瞠视着满桌菜肴，胃里却在一阵阵地痉挛。清脆铿锵的琵琶音传进了南霁云的耳里，他心里一震，抬头看那乐伎，那乐伎兀自低着头专注于弹奏琵琶。琵琶声时清冷欲绝，如伊人渐行渐远，又似黑云越聚越多，忽转激烈繁急，弦弦作金戈撞击声布帛撕裂声，让人听了血脉贲张又悲怆郁愤。那乐伎弹奏的竟是《霸王卸甲》。

贺兰进明给南霁云夹菜："南将军很久没有吃上饱饭了吧，请开怀尽量。"一句话说惨了南霁云，他黑血上涌，悲极大哭："我来时睢阳城里已经一个多月没见一粒米了，城内百姓易子而食，今天我就是想吃这丰盛的美餐，又怎么能咽得下去啊！你坐拥强兵粮米丰盈，却没有一丝一毫分灾救难的怜悯心，这是忠臣义士的行为吗?!"说着将一根手指放进口里，怒目发狠睚眦裂血，齐根把那手指咬下，放到贺兰进明面前，说："我不能为睢阳求得一兵一卒，留此断指作为我曾到你这儿求援不得的血证吧，我这就回去和守城的将士一同赴死。"一时指血、泪血如泉涌出。贺兰进明的将领和幕僚，都被南霁云的忠烈感动得流下眼泪，但没有一人挺身出援。

这时，一声尖锐刺耳的拨划，乐伎怀中的琵琶丝弦齐断，断弦披拂垂颤，犹有弦音。贺兰进明看着面前血淋淋的断指，骇得变了脸色，强笑说：“南将军何苦如此，睢阳必破，你回去又有什么益处，不过白白送死，不如留在临淮，仍能为朝廷出力。”南霁云指着贺兰进明怒极反笑：“你也食唐家俸禄，却见死不救，与贼子何界！”贺兰进明愠怒地沉下脸子：“我职守临淮，不敢妄分一兵一卒与外人。”

突然，咣啷一声大响，把众人吓了一跳，循声看去，却是乐伎把怀中琵琶掼在地上，她挺立当地，用手一一指了贺兰进明和那些将领、幕僚怒说：“你，你，还有你，全无一个是男儿！”贺兰进明想不到连个下贱的乐伎也敢指责他，大是羞恼：“放肆，这儿哪有你说话的份儿。”乐伎连连冷笑：“贺兰大人，你们怕死，我倒愿随南将军去睢阳杀敌。”贺兰进明的肺都要气炸了：“好好，你去杀敌，让那些夷蛮胡种把你剁成泥去吧。”

临淮的城门冷冷地洞开着，南霁云和两骑乐伎并驰在青森森的石板道上，将出城门时，经过一座寺庙的大佛塔，南霁云在马上抽箭回射，那箭嗡然劲鸣，直没入佛塔砖中一半，南霁云戾然长笑：“破贼后必灭贺兰，留此箭以作标志！”

睢阳城外的叛军营盘，一个挨一个密密麻麻，内外宽足有数里，其中壕横栅立，牢牢地将睢阳围成一座死城。南霁云手提一丈长的特号大陌刀，遥指了前面的敌营跟乐伎说：“能杀得进去，可能再没有机会出来，你现在后悔还来得及。”乐伎心凉如水地看一眼绵绵不绝的敌营，笑容惨淡地说：“耻于偷生，愿随将军赴死。”南霁云纵声笑赞：“又一真英雄！”说完持刀跃马杀入敌营，乐伎舞着双剑紧跟在后。

敌军在张子奇的指挥下潮水样涌来，几要淹没南霁云两人。南霁云奋起神力，长刀过处人头纷落残肢乱飞，他又暴喝如雷声震敌胆，无人能阻他去路，敌军眼睁睁看他翼护着乐伎直驰睢阳城下。

张子奇气急败坏地命令弩箭手："放箭，不许一个活人进城！"箭若蝗至，铺天盖地地飞向南霁云和乐伎。乐伎本来和南霁云并马同驰，眼看万矢齐发，两人正在射程内，乐伎纵身飞落到南霁云马背上，自后紧紧抱住南霁云的腰，急急促令："千万别回看，快快进城！"南霁云狂策战马，跑到护城河边，等不及城上放下吊桥，双腿一夹马腹，那马极是神骏，竟从又宽又深的护城河上一跃而过。守城的兵士急急打开城门，南霁云走马入城。

守城的兵士刚刚闭上城门，那匹跟随南霁云多次立下战功的骏骑，还没走出城门洞就倒地暴毙了，马屁股上箭矢如簇，乐伎的后背上更是箭矢密布，整个人都被射成一个大刺猬了，犹自死死抱着南霁云。

邂逅乔小乔

○郭凯冰

漂亮女人乔小乔挽了草编手袋，花一样绽放在我们面前的时候，没有人做声。我牙根升起了丝丝凉气，身边的男教师低一下眼睑却又忍不住张开。

校长介绍完毕，没有人鼓掌，大约因为乔小乔性质特殊。

乔小乔有个外号，没人说起，约定了一般。在我们嘴上，乔小乔的名字就是“那个女人”。

我如一个坠入爱河的小伙子般，小心翼翼地接近着乔小乔。

乔小乔是个聪明的女人，我专门给她准备的无所谓被很准确地解读。跟女同事那些敌意戒备的目光相比，我的漠不关心，就是友好了。

于是，乔小乔接近我的意图便很明显。

我的目光随意地扫过她，没有停留，却很明白忍不住牵起的嘴角是为了她，是为了自己很得意的推论：任何女人不管多漂亮，都不愿孤立无援地戳在女人堆里；女人堆里的漂亮女人，心灵的孤独无依是任何外貌的优势都替代不了的。

我喜欢第二节课后出去活动活动。我不知道乔小乔以前怎样，反正她跟我对桌以后，就有了这个跟我一样的习惯。我要站起来的时候，不经意地抬眼，乔小乔便殷殷接住我的目光，袅袅站起，也并不耽搁递一个微笑给我：“出去走走？”

出去走走就出去走走，我田小小还不敢？

第一次出去的时候，我们没说什么话。第二次出去的时候，我们开始说话了。

后来，乔小乔傍晚就开始约我散步。

我也不怕跟乔小乔散步。乔小乔当然很漂亮，如果她是一株罂粟，那我就是秋阳里的一棵野菊。乔小乔再漂亮，总是个比我大几岁还离过婚的女人，并且因为很不名誉的理由离婚。名誉上的无瑕，道德上的优越感，足以弥补我跟乔小乔那点相貌上的差距。

我的男朋友余家林开了一家画廊。画廊里没什么好作品，都是花钱请美院的学生照猫画狗地在画布上填充一些颜料，然后卖给那些附庸风雅的人。余家林从来不画画，用他的话说，他的艺术感觉早死了。

那一天，余家林用一贯的没心没肺的语调对我说，田小小，你单位那个刚来的漂亮妞叫什么来着？给她画幅画好不？

我笑笑，说，好哇，哪一天我跟她说说，让她给你做模特儿。

接下来的周末，余家林开车来接我。那时我正跟乔小乔说着什么，余家林见了便说，如果这个漂亮姐姐愿意，跟我们去郊游也可以啊。

乔小乔很痛快地答应了，我只能无所谓，脸上还很愉快的样子。乔小乔是个知趣的女人，余家林不问什么，她便不说什么，即使回答余家林的问题，也并不忽略我。

一个月后，我外出学习提前归来，走进余家林的画廊。

画廊里很安静，余家林不知道哪里去了，那个看店的小伙子坐在角落里打着游戏。我向里走的时候，牙缝里突然又冒起了丝丝凉气。我回头，侧身——画布上的乔小乔正静静地看着我，是一种耐人寻味的目光。

她几近赤裸的身上披着白纱。我不知道这是不是她真实的裸体，可这有什么关系呢，即使这不是现实的乔小乔，也是余家林想象中的乔小乔啊。

我拒绝再见余家林，乔小乔再来找我散步的时候，我用她在画框里的目光安静地看着她。每个女人都能读出来，那种安静，是一种有底气的挑衅。

乔小乔就笑了，说：“其实，你是所有女同事中最自以为是、也最看不起我的一个，我早知道。可不能因为你看不起我，我就看不起自己了。你要明白，在男人眼中，女人的名誉有时候并不那么重要。”

乔小乔走了，我盯着袅袅婷婷的乔小乔，忽然就明白了我一直活在自己对她的臆想里。我眼里的乔小乔，绝对不是真实的乔小乔。

我跟乔小乔的友谊，只是女人之间的一场邂逅而已。当然，我也知道，对乔小乔来说，毛孩子余家林只是乔小乔和我的棋盘上一枚不知深浅的卒子。可是，我能怎么样呢？我只能用放弃余家林来对抗乔小乔的挑战，只能用这种方式优雅地收场。乔小乔已注定是一棵优雅的罂粟，我就只能做秋阳下一棵不忧不惧的野菊花。

哦，我要告诉你，乔小乔的外号叫“水妖”，在余家林的油画框下方，有一张卡片，上面也只有两个字——水妖。我应该知道，这同样的两个字，在我和余家林心里，从来就有着完全不同的意义。

回　家

○梁　丰

“五一”长假，她驱车回到了在小县城的家。

到底有多久没有回家了，她已说不清，反正从离开父母去了北京，她就总是来去匆匆，成了家中的过客。这一次，她关了公司的大门，关了手机，想在家好好陪陪父母。

年迈的父母除了高兴还是高兴，并没有询问有关她个人生活的一些她不愿回答的老话题，只把一日三餐和每天的活动内容都做了精心安排，这让她有了一份从容和感动。

父母带着她，避开闹市区，去爬山，去郊游，去她小时候曾带她去过的水库边。父母清晰地记得她三岁时被一块石头绊倒哇哇大哭的地方，父母指着山路上依然深埋地底露着尖尖棱角的小石块回忆着当年，笑得眼中闪动着泪花。父亲说，你那时不是摔痛了哭，而是被绊你的石块气得哭。父母说她从小就要强。

他们去挖野菜，白蒿、苦苦菜、灰菜经过春雨的滋润，鲜嫩而蓬勃，父亲边挖边给她讲解，教她如何辨别。母亲弓着腰，仔细地寻找着，每有新发现，就高声地喊：“他爸，这边，快来!”她被眼前的春色和父母淳朴的爱情所感染，浅浅地笑着，眼角却偷偷地滚出了泪珠。

只有她自己知道，她浅浅的笑容后掩饰的是什么。大学毕业，她原本可以留在父母身边工作，结婚、生子，有一份单纯的感情，过一份平淡的生活。但心比天高的她却独自去了北京。一位大她十岁的男人领她进入了房地产界，她便做了他的情人。是出于感激、崇拜，还是出于真爱，或者如人们所说的“利用”，她说不清楚，又好像什么成分都有。明知道他有妻子、孩子，他不可能为了她放弃已有的家庭，但她还是心甘情愿地委身于他，整整五年！无疑，那些日子，她是一心一意爱他的，她甚至已经习惯了他，习惯了跟他在一起的分分和和、惆怅与叹息，她没想过要离开他。

后来离开他，也不是因为不爱他、不需要他了，而是有一个小她六岁的男人爱上了她。他几乎天天给她送玫瑰，这不仅填补了她感情上的无奈与空虚，还让她有了与他赌气的资本。离开大他十岁的男人后，她有了自己的公司，又买了宽敞的公寓，与小她六岁的男人同居了。不知不觉又是五年。但这个小她六岁的男人同样没有娶她。直到“五一节”前不久的一天，他突然告诉她，他不想再这样生活下去了，他想结婚了，想有个家。

她并不觉得意外，反而显出了少有的镇静。似乎从决定接受他的那一天起，她就已经做好了他离去的准备，她感觉他的心情和处境像极了她。她微笑着祝福他有了更好的选择，还帮他收拾好行李，说随时可以拉走。但当他真的完全从她的生活中消失后，她才觉得自己的心也完全空了。啊啊，人生真的是如戏啊！她砸碎了公寓里所有跟他一起用过的东西，砸不碎的，也让楼下收垃圾的全部收走。她砸东西，并不是为了发泄，只是想把过去了的忘得快些，忘个干净！她骨子里并没有恨他，甚至觉得他是对的。她砸累了，整整睡了十二个小时，然后，去美容店换了个新式发型。望着镜子中年轻了几岁的自己，她想，自己好赖也是京城里小有名气的房地产商了，能有今天的成就实在不易，有多少男人奋斗一生也赶不上呢，怎么可能轻易就被击垮！

这一切，父母丝毫不知。她从来没告诉过他们，也不想告诉，从抗战中走过来的父母不可能接受她这样的生活方式。其实，她何尝想这样？她生性要强，无论什么都想追求完美，但生活，偏偏不给她完美。

父母要带她去逛乡下的集贸市场，说乡下的蔬菜新鲜、便宜。她对此不感兴趣，也不想再去挖野菜，她绝然没有父母那样的心境。她知道自己的心即使受再大的伤，也回不到这个家了。她决定提前回北京。

父亲拿了抹布，帮她擦亮车玻璃。母亲心软，开始抹眼泪，问她什么时候再回家来，说两情相悦人生才能和谐，不要光顾了挣钱，早早晚晚还是得考虑终身大事。母亲说，住在前院那个跟她一起上大学的男孩，足足等了她两年呢，现如今人家儿子都要上初中了。她对母亲说，啥时再回家来说不准。这些年，也不是不想嫁人，只是不知怎么，自己总决定不了自己的事儿。

车开出好远，父母还站在路边，似有倾盆大雨突然降临，车窗玻璃模糊得看不清前方。

美女如妖

〇苏　北

我是个吃粗粮的，对美女的要求不高。凡一个女孩子，有几分姿色，或有灵性，或有野性，或乖巧，或张狂，或倔强，或温顺，只要不是像冬瓜似的木头木脑。你在不经意中发现了她眼睛里闪动的灵光，发现了她身体内的青春的气息，都会深深感动，以为美女。

女人实在是这个世界上最有灵性的生物。我对女人总是充满好感和善意的。其实对女人的阅读是要经过生命的历练的。每一个男人都有过十八九岁斜睨着眼睛自负地看女孩儿的经历。可是随着生命年轮的增长，男人们总是会变得宽容起来。那种小公鸡似的斜睨着眼睛看女人的举动在一个成熟的男人眼里便可笑了起来。

当然对女人的好感和善意并不能代表对女人就没有原则。美女是上帝捏的放在人类橱窗里的样品。美女是没有统一的标准的，和妖怪一样，是千变万化的，妖娆多姿的。阿城在《闲话闲说》里不知转引的一位什么朋友的一句话："美人不淫是泥美人，英雄不邪乃死英雄。"意为色不可无情，情亦不可无色。这真是见道之言。一个泥胎的美女，没有生命，没有情感，没有智慧，没有一点儿傲气、娇气、霸气和蛮憨之气，死人一个，你会喜欢吗？

中国古代之美人，西施、昭君、貂蝉、玉环，虽有沉鱼落雁、闭月羞花之貌，可那都是故纸堆里的人，今人没有亲见，也就是各人根据自己的经验想像罢了。《红楼梦》里倒是有一堆美女。但我心中暗暗倾慕的，也只有湘云和晴雯。第六十二回“憨湘云醉眠芍药茵”，一群小姐丫环掷骰行令，红飞翠舞，好不热闹。吃到后来，湘云半醉，便从碗中捏了半个鸭头，拿箸子举着说：这鸭头不是那丫头，头上哪讨桂花油。端的活脱脱一个蛮憨张狂的美人。及至大醉，在山石僻处一个石凳子上睡着了，众人寻见，湘云业已香梦沉酣，单见“四面芍药花飞了一身，满头脸衣襟上皆是红香散乱”。手中的扇子也在地下，也半被落花埋了，但见一群蜂蝶闹嚷嚷地围着她，又用手帕子包了一包芍药花瓣枕在头下。神形皆备，仿佛身边的活人，不能不令你生出怜爱来。

西方电影中的美女，因为有故事感动着，我心中倒是有英格丽·褒曼、奥黛丽·赫本和费雯丽。电影《魂断蓝桥》这种传统的经典，让我无数次地感动。完美的艺术及麦若美丽高贵的外表和心灵，使我每看一次都是一次灵魂的洗礼和精神的净化。

我小的时候，顽劣无比，可我十四五岁时，对漂亮的女孩子已有了好感。我的女同学中，有一个叫季晓琴的，她住在部队的院子里，每天和我走同一条上学的路。我一见到她，魂儿就掉了。她那清纯，那脸上往外涨着的红润，那青春的样子，我一见了魂儿就没了。我无比忐忑地走在她的后面，有时不知如何表达，便在路边捡一个小石子儿在她身后投过去。我即使没有一点点的声音，只要走在她的身后，她即便知晓，我无聊地砸个小石子儿，她心里明白。可她仍静静地走着，不慌不忙的。从此我知道，女人的定力是了不起的。

在我的朋友中，可称为美女的，倒有一二人。我有一电视台的朋友，人长得靓靓的，别人一眼过去，便想再回头一眼。她妖气有余，才气略逊。人极聪明，反应快，有捷才。一次报上登，由于天气闷热，本市精神病院一群疯子集体裸奔。我发短信逗她：

“今天裸奔了没有？”

她回："看到你裸奔了。"

"我们一起裸奔吧！"

她回："你奔我看，给你吹口哨！"

"奔吧！很容易出名的。"

"罚回精神病院！头点地！"

俏皮机灵，自负顽皮！你真是毫无办法。

周国平说，女性是最接近自然的。女性的守静，柔弱，圆融，更具包容性。男人当知谦卑。

美女是女人永恒品质的集大成者。我对女人的好感和善意，正是基于此。

豪 赌

〇朱耀华

医院旁边有一个小餐馆，名为“知青之家”。有段时间，我们经常到那里去吃夜宵。老板是一个年近五十的男人，姓周，我们叫他老周。两口子都是下岗职工，于是办起了这家餐馆。餐馆取这么一个别致的名字，也许是对当年知青岁月的缅怀吧。看得出来，老周是个挺怀旧的人，我注意到他的胸前总是挂着一个小铜牌，上面镌有“为人民服务”五个字，餐馆里那些年历画报也都充满着往昔岁月的情调。据我所知，老周并不宽裕，但他一直赡养着两位与他没有任何血缘关系的老人。我私下里想，他是一个有点儿特别的人。

可能是出于职业的敏感，我发觉老周的左手食指总是蜷曲着，上面有明显的烧伤疤痕。有次我告诉他，只要做一个小小的手术，他的手指就可以伸直了。

“不，这是我的纪念。”老周认真地说。

我被他逗笑了。我想，老周肯定是不愿花手术费吧。

老周话不多，人豁达。久了，我们成了朋友。

那是冬天的一个晚上，我们邀请老周一起喝酒，他破例没有拒绝。喝了几杯，又有人提到了他的手指，这时，老周的表情凝重起来，他说：“你们想不想听听我这根指头的故事?”

指头的故事？我们不知道老周葫芦里卖的什么药。

“十六岁那年，我去了云南农村，成为一个下乡知青。知青的日子不像你们想像的那么浪漫，而是单调、无聊、苦闷，甚至绝望。我们小组五男四女，白天开荒，晚上就睡在相邻的两间漏风的土坯房里。劳动强度大，肚子里又没有油水，到了晚上，肚子就饿得咕咕直叫，像养着一群蛤蟆。那时候，我最大的梦想就是能饱饱地吃上一顿肉。饥荒啊，那年月，全国都在闹饥荒，别说吃肉，饭都常常吃不饱。老百姓家的鸡呀狗的，根本就不敢放出来，能偷的都让我们偷了。有天晚上，我和陈波实在馋极了，我们带着一把匕首，悄悄地去了农民古老汉的牛棚里。牛当然偷不走，我们就用匕首在牛屁股上挖，活生生地挖下一大块肉来。那头牛痛得直弹腿，眼里都流泪了。造孽呀。然后，我们用一堆烂泥糊在那个窟窿上，跑了。我和陈波找堆野草树枝，饱饱地吃了一顿烧牛肉。那个美味，简直难以形容。

“第二天，古老汉扛着把火药枪，来到我们知青棚里要找人拼命。我清楚地记得古老汉那张因绝望和愤怒而扭曲的脸。但最后，他不知道该把枪口对准谁。古老汉号啕大哭，哭了一阵，走了。我从来没有见过一个大男人那样哭过。我和陈波对这件事一直守口如瓶，没有其他人知道。”

“说了半天，还没有说到我这根手指头，是不是?”老周一口气喝了一杯酒，继续说，“那时我们是发饭票，吃知青食堂。到了月底，饭票不够了，就得忍饥挨饿。有一天，我和陈波打起了赌，赌两斤饭票。那天，屋里就剩我们两个，陈波说，我们俩用火机烧指头，谁坚持到最后，饭票就归谁。

“那是一场真正的豪赌。我和陈波都把食指伸出来，搁在桌沿上。我们各自拿着一个打火机，喊一二三，就同时打燃，放在了对方的指头下。钻心的疼痛啊，但我们俩谁也没有退缩，我们甚至还盯着对方的脸，神经质地大声笑着。我们已经不仅仅是为了那一张饭票，真的，在那种没有希望也看不到尽头的生活里，我们对生命已经麻木了，不在乎了。那完全是一种病态的发泄。大颗大颗的汗珠从我们额头上冒了出来，手指头发出刺刺的响声，满屋子都是焦煳味儿……终于，陈波退缩了，他把那张饭票推到我面前，苍白着脸对我说，你赢了！这就是我的指头的故事。很荒唐，是吧？的确，那是一个荒唐的年代。这些事，都真实地发生了。我对不起我的陈波兄弟，他最后没有回城。他死在那里了。那年夏天，很多人开始返城，高考也已经恢复。一场暴雨过后，山体滑坡，为了抢救一名女学生，他被一堵突然倒塌的土墙砸中了。临死之前，他拉着我的手，他说他认识那个女学生，她是古老汉唯一的孙女儿。他还跟我说，他放心不下城里年迈的父母，要我一定替他照顾两位老人家……

“就在半个月后，陈波的大学录取通知书来了……”

静默。外面下着雪。雪粒打在窗玻璃上，*沙沙沙*，*沙沙沙*。

良久，老周轻轻吁了一口气，举起那根蜷曲的指头，他说：“对我，这是一个永恒的纪念。”

张总还乡

○牧 毫

张总回乡的时候很是风光，他特地叫司机兼马仔把那辆破夏利擦得锃亮，费尽九牛二虎之力，把车开到了村头，直到再也没办法前进一步才把车停下来。张总在城里做包工头，有五年没有回家了。认真算来，也有了二三百万元的资产，可能比老家全村人所有的资产还要多。现在城里人的钞票越来越不好赚了，张总就想起老家来了。可不是，光想着城里有钱赚，老家那满山的野果、竹林、老藤，那不也是钱吗？所以张总就打扮一番，衣锦还乡了。

也许是春风得意的缘故，虽然路很颠簸，张总下车后还是精神抖擞。村里大概没来过几次小车，一大群泥头土脸的孩子马上围住了汽车，也有几个大人走拢过来。张总一边吩咐司机给孩子们散糖，一边向大人迎去。他认出来，走在前面的是村西头的三叔。几年不见，三叔也老了。他恭恭敬敬迎上去，递上一根“五叶神”，叫了一声：“三叔！”

三叔背着粪筐，打量了他半天，才接过香烟，叫道：“我说是谁呢，是大孬子啊！听说你发财了，有空回来了？”

一时间，张总愣了一下。大孬子？说谁呢？想了半天，才醒悟过来叫的是自己的小名。小时候家里穷，自己还呆呆傻傻的样子，村里人家里人都叫自己“大孬子”，几年没人叫了，听起来是那么的刺耳。

说话间，村人早围了上来，连声地叫着：“大孬子回来了！大孬子回来了!”一大群人拥着张总到了家。父亲有些老迈，有些木讷，张总喊他，呆了半天他才高兴地说：“是我家大孬子回来了。”

村人挤了一屋子，大家七嘴八舌：“大孬子，你那汽车要几百万吧?”“大孬子，有几个小秘了?”“大孬子，发财带我们啊!”……

张总向司机使了个眼色，司机会意了，说：“大家静一静，我们张总这次回家，就是想办个公司的。”

“张总?谁?”有人问。

有人恍然大悟：“就是大孬子嘛!对吧，大孬子?”又一片“大孬子”的声音响起。张总强挤出笑脸，一一和大家点头招呼着，但是他忽然感觉非常疲倦，没有了兴致。

晚上，张总躺在床上，翻来覆去总也睡不着。村里人可不认识什么“张总”，他们只认“大孬子”，这工厂这公司还怎么办?这小名一声一声地叫着，又把张总叫成了那个整天东游西荡、偷鸡摸狗的大孬子!

到底是在城里混了几年，张总也不是平常人。第二天一早，他搀上近乎痴呆的老父亲，又开车到了乡里，下午从乡里回来，他把两张纸贴在了村头。

一张纸是乡法庭的调解书，意思是张总认为他父亲叫自己“大孬子”损害了他的名誉权，父亲同意道歉，并保证以后再也不叫他“大孬子”，张总接受道歉并保证不再追究。

另一张纸上的内容是张总准备成立的“山货经贸有限公司”面向全村招工，月工资800元，请尽快报名。

贴好公告，张总就在家里等人来报名，也让司机准备好纸笔，自己和老父亲就着几盘凉菜，抿几口老酒。

可是两天过去了，竟然一个报名的也没有!800元啊，在这里抵得上半年的收入了。张总很奇怪，就出门去转转。谁知道，大人看见他就躲得远远的；孩子呢，就用他发的舍不得吃的糖果扔他。

张总翻来覆去又是一个晚上未合眼，这地方是不能待了。清晨，他把老父亲扶上车，自己在村头站了一会儿，心里百感交集。

远远看见三叔背着粪筐过来，张总赶紧又迎上前去，叫了一声："三叔！"

三叔先是不睬，专心捡着粪，走过张总身边时，猛然吼起来："发财了，威风了，连你爹你都敢告了，你还是人吗？我偏要叫，你去告我啊！大……"

三叔嘴巴张得大大的，终究还是没有叫出来。他翻翻眼睛，"呸"地吐了一口唾沫，头也不回地走远了。

张总坐上了自己的夏利车，在飞扬的尘土中离开了自己的老家。他知道，这一次，是真的永远离开了。

流　水

○闵凡利

开始的时候，是春天，天正下着雨，下得很有耐心，情人一样，缠缠绵绵的。那时，你正走在回家的路上。走呀走呀的，你好狼狈。

那时，那个叫“我”的男孩正在回家。你们走在一条路上。他比你走得快，比你走得悠然。他撑着一把伞，雨奈何不了他。他发现了你。他发现你时，他的身上没有一点湿。可你却湿得很厉害，落汤鸡似的。他不忍心了。仅仅是不忍心。他就把伞给了你。

开始你不接。怎么能接陌生人的伞呢？他说雨还得下很久呢！你看清他眼里干干净净的，很善良。你又看了看天，看了看雨，你就把伞接了过来。

你说：咱俩打一把伞吧！

他摇了摇头。

后来，你就一个人走。到家时，那个叫“我”的男孩浑身都湿透了。当时，你很不好意思，说了一些让人比较激动的话。当时你的脸很红。他只说没什么，接过伞就走了。

走了就走了。

再遇到的时候是夏天。那天很热。你走了很长的路，你很累，也很热。那时，你就想吃个西瓜，吃个西瓜降降温。当时，那个瓜摊前坐了好多人，男男女女的，都在吃瓜，都呱唧呱唧的，吃得很响。

你叫那个卖瓜的给你切了一个，是沙瓤的。你吃了一口，好甜，好爽。一抬头，你发现了那个叫“我”的男孩，坐在你的对面。你迟疑了一下，说：怎么是你？他也说了句：啊，怎么是你？

之后，你们都把瓜吃得很小心，很文雅。不像另外那些吃瓜的主，残酷地吃到了皮。你们就接着说了一些话。有些是关于那个雨天的，有些是试探性的。再接着，你们都争着结账。当然，摊主还是收了他的钱。你感到很不好意思。你就说：谢谢你了。

他说：应该的，不用谢。之后，就过去了。

过去就过去了。

可你总觉得欠他什么似的。你就想还他。那时，你还不知他在哪儿，他叫什么。你只知道，他和你一样，都在忙，在寻找什么。

没事了你就想。一想就脸红，一红就低声说自己：没羞！说了也没用，还是想。

你就想再遇到他。你想了：假如你们再遇到，就是缘！

后来，你们真的遇到了。你想，这就是缘了。就和他说，说了一些话。当然，你说得很好，他听得也很好。你们都很高兴。

后来，你们就交往了。趟水一样的，开始浅，浅着浅着就深了。

后来，你有了做他妻子的想法。你想你一定能做个好妻子。你想对他说。可这话沉，你就很害羞，说不出口呢！

后来，你就一个劲地说那个雨天的伞和伏天的西瓜。你说伞能避雨，西瓜能降温，都是好东西。你说了一大堆实话，其实他很明白。你就有点恼了。你想，明明知道了，还让人家说，真坏！

他很好地笑了，他把你的手拉着，然后就拥了你。你说：别这样，这样不好。可你还是蜷在他的怀里，很乖。

后来，你们就相爱了，爱得很深。再后来，就结婚了，他做了你的丈夫。

再后来，你们有了孩子。孩子不很乖，你们就有了些烦恼。当然，有时怨你，有时怨他，有时谁也不怨。

风平浪静的时候，你们就和大家一样说说笑笑地过日子，把日子过得很绵长。有时你俩就躺在床上，说着柴米油盐。只有很少的时候，什么话都拉完了，你们才拉起爱情。你就问他：咱俩的爱情像什么？

他考虑了很久，才说：大约像伞吧？

你不同意。你说：像个大西瓜。

他笑了，笑得很开心。他说：你的这个比喻精彩极了。对，像个大西瓜！

你想他一定领会你的意思了。你很高兴，就吻了他一下。

他却睡着了，很香。

你想，这就是幸福吧。你就搂着他的肩，睡了。

看　娘

○王天瑞

魂牵梦绕，将军想念娘。娘啊，您生活得好吗？

将军还不是将军时，即使转战北国南疆，也曾回大山看娘。将军晋升为将军后，即使指挥千军万马，也曾回大山看娘。将军离休后，本可常回大山看娘，岂料伤病复发，长期卧床不起，已有十年没回山区看娘。

吉普车在起起伏伏的大山里缓缓而行，将军催促说，开快点儿。司机担忧地说，您的身体？将军说，没问题。司机便稳稳地加油。吉普车在曲曲弯弯的山路上急速飞驰。车窗外，风声呼呼；车轮下，沙石刷刷。

司机和将军半天也没说话。司机憋不住了。司机说，首长，老奶奶多大岁数了？将军说，我娘只比我大两岁，82 岁。司机很惊奇，只比您大两岁？将军说，是的，只比我大两岁。司机咋也想不明白。

将军看到司机疑惑，说，这事我多年来也没和你们年轻人讲过。将军陷入了久久的沉思。

将军说，我家在山西，自幼孤苦一人。我参军后，原在朱德总司令的警卫团里当排长，后来转到山东野战部队当参谋。一年深秋，日本鬼子扫荡“拉大网”，我军就在这大山里和鬼子展开了激战。一次，我奉命侦察敌情，发现一群鬼子兵正在逃跑，就端起轻机枪追打着，一气打死三十多个鬼子兵，还打死一个日军副团长。后来，鬼子兵发觉追打他们的只有我一个人，便向我反扑。一发子弹从我嘴里打进去，打掉三颗牙，从脖梗儿后穿出，鲜血直流。我倒在地上，昏了过去。

将军说，当我清醒过来，正躺在桃棵子村艾兰嫂家。后来得知，鬼子兵以为我已死去，扔下我逃窜了。艾兰嫂发现我还有气，就把我背回家，为我治伤。艾兰嫂怕我暴露身份，先把我藏在后屋的地窖里，后又把我藏到村外的山洞里。艾兰嫂的丈夫参了军，家中只剩她和一个不满两岁的儿子。艾兰嫂家穷得很，就靠挖野菜摘野果喂养我。艾兰嫂还用纺棉花换来的钱买来老母鸡熬汤，为我滋补身子。

将军说，我的伤口仍在恶化，还生了蛆。艾兰嫂想到咸菜缸里放几片芸豆叶可以驱虫，于是就摘来芸豆叶，捣成泥，挤出汁，滴在伤口上，蛆就一个个都爬跑了。一天，我吃不下饭，几次昏迷过去，艾兰嫂就把奶头塞到我嘴里，让我吃奶。我知道，艾兰嫂才22岁呀，只比我大两岁呀。我不吃，艾兰嫂哭着说，为了早日养好伤，去打日本鬼子，还害羞啥？我也哭了。我说艾兰嫂呀，您就是我的亲娘。

说到这里，将军的眼圈红了。将军说，我的伤病终于好了，奇迹般地活了下来。那天，我告别我娘，要去追赶大军远征，临走前，我给我娘磕了三个响头。我娘说，胜利后常来大山里看看。我说，娘，您放心吧。我戴上斗笠，打好裹腿，走向前线……

司机听着听着，不由得眼泪汪汪。

不知是谁通报了将军看娘的消息，将军路过县城时，县长乘车跟了上来；将军路过乡里时，乡长乘车跟了上来。

当吉普车开到一座山前，路突然断了。将军和司机走下车，沿着蜿蜒的小道一步一步向山上攀去。

到了桃棵子村村头，村支书迎了上来，村民们迎了上来。村支书拉住将军的手，哭了。将军停住了脚步。村支书说，首长，老奶奶谢世了。将军说，我娘什么时候谢世的？村支书说，前天。昨天刚埋葬。将军说，娘啊，我来晚了。

大家跟随将军走进村，走进将军的娘的家。村支书看看县长乡长欲言又止。村民们欲言又止。将军心头沉重。将军当年为娘建起的三间石屋已四处透风，屋里黑黢黢的，灰嘟噜不时往下掉，一张木板床上只有两条破被子，粮囤里只有百十斤红薯片。

村支书说，您每次寄给老奶奶的钱，老奶奶都捐给了村小学。

将军好一阵沉默。将军和司机面对石屋，缓缓举起右手，庄严地敬了一个军礼。

米字幅

○孙春平

北口市代市长薛冠蓉原是省科技厅厅长，虽是同级职务，但一个城市的政府首脑可比一方诸侯，责任重大，万民瞩目，尤其又是巾帼独挑大梁，不可小觑啊！

市内有一文化沙龙，文人墨客常来聚会，品茗谈笑之间，或挥毫泼墨，或吟诵唱和。这一日，文化局长和文联主席恭请薛市长拨冗光临，一可换换心境，二亦亲和雅士贤达。薛市长欣然前往。

因有新市长光临，这天沙龙来的人格外踊跃，连书坛领袖魏老先生都拄着拐杖来了。这魏老的字国内闻名，尺幅万金，炙手可热。但魏老先生坚决恪守“滥犹不及”的原则，轻易不肯将墨宝示之于人，有时盛情难却，他也只笔走龙蛇，或虎，或寿，只一字，意到而已。席间，文化局长研墨，文联主席铺纸，请魏老为薛市长写上一幅。魏老先生提笔在手，问：“冠蓉女士，你让老朽写幅什么？”

一声称谓轻轻出口，立时惊了四座。

他不称市长，而直呼其名，但细思细想，魏老先生的资望与年龄都在，这样对话，反倒显得亲切。

薛市长想了想，笑答：“早知魏老落墨是宝，又听说您赐宝常只写一字。我不敢太多奢望，只求一个米字如何？”

魏老闻言，微微一怔，又问：“你再说一遍，哪个字？”

薛市长答："米，米面的米。"

魏老再问："楷隶行草篆，你喜欢哪种字体？"

薛市长环顾四周，便指悬挂于壁上的一幅字说："不怕见笑，我于书法完全是外行，连哪种字是什么体我都说不大明白。您就写这种字可好？最好写大一点儿。"

魏老屏气凝神，雪白宣纸上便落下一个大大的"米"字，是隶书，绵里藏针，古朴刚劲，最后一笔刚收锋，满堂便响起一片叫好声，有人还鼓掌祝贺。魏老功底深厚，可谓十八般武艺，样样来得，但强项却在行书和草书，许多人还是第一次看到魏老的隶书呢，且都知大字的隶书极难写，尤其是这米字，横竖撇捺，笔笔不可马虎，且极讲究结构布局。魏老挥毫，以弱示强，行云流水，独以一字见功力，果真了得！

魏老落了款，用了印。人们特别注意到，魏老用的是"冠蓉方家惠存"，他没用"正腕"，更没用"赐教"。

文联主席小声对薛市长说："市长，这幅字可是珍品，万金难求，值啦！"

文化局长上前，小心揭起字幅，跟在身边的市长秘书欲去接，却被薛市长拨过，亲自接字在手，又对魏老深鞠一躬，便又引起人们一片掌声。

文化局长说："我找人裱过，再给您送去。"薛市长摇头："不用，我找人裱吧。"

数日后，米字条幅高悬在了薛市长办公室，有时她接受采访，那字幅便随了她一同出镜，很是抢眼。薛市长求魏老写米字幅的故事也风一般在北口市传播。随着故事传播的还有人们的疑惑与猜测：一市之长为什么偏偏让魏老独写了一个"米"字？有人说，这体现了一市首脑的执政理念，民以食为天，连毛主席都说过手中有粮，心里不慌，薛市长是把解决百姓温饱放在了她心头的第一位置；又有人顺着这个话题引申，说粮食脱了糠才为米，薛市长潜在的寓意是城市奔了小康，还要追求更大的富裕，那

“裕”字是什么？就是有衣有谷啊，米是谷之精华，是小康之后的更高层次；还有人仔细研究了薛市长的家庭与出身，说薛市长生于1960年，那一年正是中国人挨饿最狠最重的一年，她的母亲就是生下她不久后饿死的，父亲抱着她讨过百妇乳喝遍百家粥。薛市长悬挂此字，便有着深切怀念母亲和再不让历史悲剧重演的双重含义。

也有对薛市长让魏老用隶书独写米字另有反面猜疑的，说魏老先生倚老卖老，当众直呼市长名讳，薛某心中不悦又不好彰显脸上，才略施小计想教训一下这个老顽童。一市之长学富五车博大精深当过科技厅长，哪会连楷隶行草篆都不懂？人家不过是借口不懂却偏拣起一颗软柿子，专让老顽童用他最不擅长的隶书去写最不好把握的那个米字，且看老家伙日后还敢轻狂！该着那天魏老有如天助，没丢大丑也就是了。宦海无涯，机谋深远，不服不行啊！当然，这种猜疑有点以小人心度君子腹之嫌，难登大雅，可古今中外，越是鬼鬼祟祟私下流传的消息越传得迅猛广泛，也越让有些人将信将疑。

还有一种流传不甚广泛的说法，说薛市长多年前曾去英国带职进修，眼下她的女儿也已去英国读研，她可能对“高贵的”英国有一种特殊的情结，所以才悬了米字幅在办公室。英国国旗不就是有个大大的米字在上面嘛。但这种说法多让人摇头，并斥之“瞎掰”。

也有好事之人私下找到薛市长的秘书，请他务必想办法从市长口中探出深浅虚实。秘书找机会问了，没想薛市长说，不就是一个字嘛，哪有那么多讲究。此言传出，越发让人们莫测高深，据说还有人为此打过赌，赌注是可去海鲜城吃鲍鱼鲨翅，管够。

几月后，北口市召开人代会，薛冠蓉以其亲民务实的工作作风高票完成了由代市长到市长的过渡。在记者招待会上，有记者问：“人们对薛市长在办公室挂了个米字条幅有许多猜测，您能否对此作一说明？”薛冠蓉坦然一笑说：“实话实说，我对书法艺术真是一窍不通，但我对魏老的字确实很喜欢，这里面除了看字可陶冶性情的因素外，我也坦率跟大家说，前些年，我坐电脑前的时间太长，得了颈椎病，疼起来恨不得卸下臂膀。后来有朋友给我出了个以保健代治疗的偏方，每天甩脑袋凭空写一百遍米字，以此伸展活泛筋骨。哦，我表演一下，就这样。那天，正好魏老问我请他写什么字，我突然就想到了这个米字。用楷书或隶书，大点儿写，规规整整，照着米字做保健操，不挺好嘛。当然，女同志嘛，摇头晃脑，似有不雅，所以我每次做这个操时，都是闩严了门的。我跟大家说，自从坚持做这个保健操以后，我的颈椎病真的一次没犯，我在此建议有这种毛病的同志都不妨一试。”

众惊愕，静场。随即，笑声爆响，掌声大作。

献你一束花

〇冯骥才

鲜花，理应呈送给凯旋的英雄。难道献给这黯淡无光的失败者？

她一直垂着头。四天前，她从平衡木上打着旋儿跌在垫子上时，就把这美丽而神气的头垂了下来。现在她回国了，走入首都机场的大厅，简直要把脑袋藏进领口里去。她怕见前来欢迎的人们，怕记者问什么，怕姐姐和姐夫来迎接她，甚至怕见到机场那个热情的女服务员——她的崇拜者。每次出国经过这里时，那个崇拜者都跑来帮着她拎包……有什么脸见人，大败而归！

这次世界性比赛，她完全有把握登上平衡木和高低杠“女王”的宝座，国内外的行家都这么估计，但她的表演把这些希望的灯全都关上了。

两年前，她第一次出国参加比赛，夹在许多名扬海外的姑娘们中间，不受人注意，心里反而没负担，出人意料拿了两项冠军。回国时，就在这个机场大厅里，她受到空前热烈的迎接。许多只手朝她伸来，许多镜头对准她。一个戴眼镜的记者死死纠缠着问：“你最喜欢什么？”她不知如何作答，抬头看见一束花，便说：“花。”于是就有几十束花朝她塞来，多得抱不住。两年来多次出国比赛，她胸前挂着一个又一个亮晃晃的奖牌回来，迎接她的是笑脸、花和相机雪亮的闪光。是不是这些加重了她的思想负担？愈赢愈怕输，成功的包袱比失败的包袱更重。精神可以克服肉体的痛苦，肉体却无法摆脱开精神的压力。这次她在平衡木上稍稍感觉自己有些不稳，内心立刻变得慌乱而不能自制。她失败了，并且跟着在下面其他项目上的比赛中也一塌糊涂地垮下来……

本来她怕见人，走在队伍最后，可是当她发现很少有人招呼她，记者也好像有意避开她时，她感到受了冷落，更加重了心中的沮丧和愧疚，纵使她有回天之力，一时也难补偿。她茫然了。是啊，谁愿意与失败者站在一起？

忽然她发现一双脚停在她眼前。谁？她一点点向上看：深蓝色的服装，长长的腿，铜衣扣，无檐帽下一张洁白娴静的脸。原来是机场那位女服务员。她背着双手，含笑对她说："我在电视里看见了你们比赛，知道你今天回来，特意来迎接你。"

"我真糟！"她赶紧垂下头。

"不，你同样用尽了汗水和力量。"

"我是失败者。"

"谁都不能避免失败。我相信，失败和胜利对于你同样重要。让失败属于过去，胜利才属于未来。"女服务员的声音柔和又肯定。

她听了这话，重新抬起头来。只见女服务员把背在身后的手向前一伸，一大束五彩缤纷的鲜花捧到她的面前。浓郁的香气竟化为一股奇异的力量注入她的身体，她顿时热泪满面。

怎么？鲜花，理应呈送给凯旋的英雄，难道也要献给这黯淡无光的失败者？

村　姑

○刘国芳

村姑去城里打工。刚到城里，村姑就看见公交车上有两个贼在偷东西。一车的人都看见了，但车上的人见了像没见一样，都把眼睛移开来。对城里人来说，这是熟视无睹的事，没人大惊小怪。村姑没有这样，村姑一直盯着两个贼，紧紧地盯着。车上还有一个人，是个摄影爱好者，他也看见贼偷东西，但也无动于衷，倒是村姑的眼神让他感兴趣。相机就端在他手上，他对着村姑一按快门，把村姑拍了下来。

还是来说村姑，村姑不知道有人在拍她，她只盯着贼看。当看见一个贼从一个男人口袋里掏出一只手机时，村姑忽然大叫："你为什么偷人家的手机?"

村姑的声音几乎是尖叫，这声音太大，不仅一车的人都听到了，两个贼也好像被吓住了。村姑叫过，还冲过去，去抢贼手里的手机。两个贼还没有反应过来，手机便被村姑抢了过来。

恰好车到站了，两个贼好像被村姑镇住了，他们互相看了一眼，下车了。

车开动后，车上的人都夸起村姑来。但夸了几句后，那个摄影爱好者忽然说道："你是刚从乡下来的吧?"

村姑点头。

摄影爱好者说："我一看就知道你是刚从乡下来的，只有你这样的人，才不知深浅。”

村姑说：“有什么不对吗？”

摄影爱好者说：“你不知道街上的贼有多凶。前几天一个贼偷东西，一个人过去捉贼，当场被贼一拳打落了两颗牙齿。”

车上其他的人也说起来，一个说：“是呀，前天2路车上一个贼偷东西，有人说了一句，当场被贼捅了一刀。”

另一个人也对村姑说：“姑娘，这车上的贼太嚣张了，你以后千万莫管，我们惹不起。”

村姑就看看这个，又看看那个，然后说：“怎么会这样呀？在我们乡下，有谁敢偷东西，捉到要打个半死。”

摄影爱好者说：“那是你们乡下，这是城里。”

这事到这里就结束了，还要说的话，那就是村姑以后在纺织厂找到工作了，成了一名纺织女工。

再来说说那个摄影爱好者，他回家后把村姑那张照片冲了出来，觉得这张照片照得很好，便存进了电脑。一年以后，这座城市举办了一次摄影展，摄影爱好者把那张照片放大了，取名“村姑”，拿去展览了。这次影展很有意思，没在展厅里办展览，而是在街上展出。在一片闹市区，拉一溜绳子，然后把照片挂上去。这样的展览效果似乎更好，每次展出，都有很多人围着看。

这天，影展就移到纺织厂展出，村姑和她的同事都去看了。当然，这时的村姑不再像村姑了，她变得很像城里女孩了。但这会儿，我们姑且还称她为村姑吧。村姑在照片前看了一会儿，就看见一张照片上的女孩很眼熟。毫无疑问，这是摄影爱好者拍的那张照片。照片里那个女孩就是村姑。但现在，村姑认不出自己了，她只是觉得照片里的女孩很眼熟。是谁，村姑想不起来。村姑的同事也看见了那张照片，这同事看看照片，又看看村姑，然后说：“这照片上的女孩好像是你呢？”

村姑说："怎么会是我呢？"

说着话时，来了两个贼，贼什么时候都往人多的地方钻。一钻过来，贼就发现目标了，准备偷一个人口袋里的手机。村姑的同事看见了，便碰碰村姑，跟村姑小声说："来了两个贼，想偷东西。"

村姑赶紧把同事拉走，走远了，才跟同事说："莫管别人的闲事。"

那个贼的手正要往人家口袋里伸时，忽然又停住了。随后，这个贼拉着另一个贼走开了。另一个贼就不明白，问："你为什么不下手？"

贼说："我觉得边上有人紧紧盯着我。"

另一个贼说："边上没人盯着你呀？"

那个贼说："有，我觉得有一双眼睛在盯着我。"

另一个贼不信，拉了同伙过去看。这一看，真看见了一双眼睛，大睁着盯着他们。

谁都明白，是照片上村姑那双眼睛。

名鼓师

○聂鑫森

早已过了花甲之年的杭义仁，是振兴京剧团的首席鼓师。鼓师在梨园行中，被尊称为鼓佬。鼓佬是“场面”（乐队）的领袖，又是一台之主，演出的节奏，气氛的渲染，情绪的烘托，都在他的掌控之中。团里声名赫赫的名角，对鼓佬是丝毫不敢怠慢的。

老生名角秦玉振，从二十岁上走红起，一直都是请杭义仁打鼓，一打就打了三十年。因为杭义仁在家里排行老三，又比秦玉振年长十五岁，因此秦玉振一直称他为“三爷”。

三爷的鼓打得太好了，武戏打得“帅”、“脆”有气魄，文戏打得“稳”、“活”而潇洒。秦玉振说：“三爷的鼓，打得极简洁，键（鼓槌子）无虚发，一下就是一下，恰恰打在演唱者的节骨眼上，能打出气氛，能调动演员的情绪，他人难及。”

秦玉振演《空城计》中的诸葛亮，在听到探子来报街亭失守、司马懿随至的消息后，先是心中一阵阵慌乱，接着强自镇静，在离帐走向城楼的过程中，有大段的“摇板”，属于紧打慢唱，这时三爷的鼓，一下一下打在他的心上，衬托出诸葛亮孤注一掷，未卜吉凶，又无法告人，还得故作散淡之态的矛盾心理。还有，他演《孝义节》一剧，三爷在下高台过门中，用堂鼓模仿风声水声，泠然动听。

这样的鼓佬到哪里去找呢？

每次演出前，秦玉振都要先到三爷的鼓架边，恭敬地说：“三爷，又要劳驾您啦。”闭幕后，装未卸，秦玉振立即奔过去拱拱手，说：“三爷，您辛苦啦。”

每当这时候，三爷就会孩子似的哈哈大笑，晃着一个一年四季都刮得光光亮亮的大头，说：“给您打鼓，是我的福分，听了您多少好戏！”

三爷六十岁的时候，秦玉振在一家酒楼，办了十桌酒席为三爷贺寿。在连敬过三爷三杯酒后，秦玉振说：“三爷，我有一事相求。”

“您说。”

“按理说，您该退休了。我想再请您捧几年场，我才四十五岁，还可以好好唱几年，没您的鼓哪行？”

杭义仁犹豫了一下，立即说：“没说的。”坐在旁边的老伴儿还想说什么，被三爷用眼色制止住了。

三爷依旧快快活活地为秦玉振打鼓，春风夏雨，秋霜冬雪，从没有误过场，也没出过什么疏漏。

有一天，秦玉振发现三爷的鼓架边，放了一个高几，高几上摊着一块白绒布，绒布上散放着大大小小的绿玉、白玉、黄玉。鼓架的上面，挂了一个竹鸟笼，里面是一只鹌鹑。不打鼓的空闲里，三爷两只手便去把玩那些玉，或者去逗那只不叫唤只扑打翅膀的鹌鹑。

秦玉振知道三爷喜欢玩玉，也喜欢养鸟，可那是在他家里呀，怎么搬到舞台上来了？是不是三爷对延聘他连续打鼓有想法，碍着情面不好说，以此来作提示呢？逗鸟、玩玉，心为他用，一旦忘记了打鼓呢？那岂不是误事了！

可三爷就是三爷，到了该打鼓的时候，放下手里的玉或逗鸟的米粒，操起鼓槌，照样打得滴水不漏。记得那晚他演《武家坡》，唱到“三人同掌”的“掌”字，十分峭拔，三爷在“掌”字上用鼓槌单击一下，使“掌”字往外凸显，真是神来之笔。

也许人老了，就像孩子，“老小老小”，三爷真的变“小”了。秦玉振想：他要玩就玩吧，又不耽误打鼓！

三爷突然病了，住进了医院，一检查是肝癌晚期。

秦玉振忙去了医院，奔进病房，恭恭敬敬地站在三爷的病床前。他看见了三爷的脸色蜡黄蜡黄，双目无神，疼痛使他的额头上布满了豆大的汗珠。三爷的床头柜上放着那只鸟笼子，里面的鹌鹑不见了，他的手里正捏弄着几块玉。

三爷见了秦玉振，艰难地说：“这病大概是早有了……肝部总是痛，一痛……我就逗鸟、玩玉，分散点儿注意力。也奇怪，只要打起鼓来，又什么都忘记了。唉，鸟早两天也死了，先我而去，我大概也没几天了。秦老板……对不起啊，本想再为您打鼓，现在不行了……”

秦玉振呜呜咽咽地哭起来：“三爷，我……不该耽误了您的诊治……”

三爷勉强笑了一下，说：“玉振，我真的不悔……这几年您演了多少好戏，光碟公司为您发行了专集，中央台的《空中舞台》……向全国现场直播了您的大戏，我也跟着您沾光啊。”

三爷显得很疲倦，缓了一阵，伸手从枕头下抽出几个厚厚的笔记本，递给秦玉振，说：“此生为您打鼓……在什么戏什么关口……用什么锣鼓点，都记在这里面，或许接替我的人用得着。我们爷儿俩的缘分，就到此为止了……”

一个月后，三爷离开了这个世界。

每年的清明节，秦玉振都会带着收录机和几盘磁带，到三爷的坟墓前坐上小半天。收录机里传出了他的唱腔和三爷打出的鼓点，“长槌”、“短槌”、“乱槌”、“四记头”、“九槌半”……

鼓声在天地间久久地回荡着。

谁是咱们的敌人

〇胥 琰

“真怪，蝗虫咋又来了？”青头和媳妇儿小翠在山坡上的树林里砍柴，听见嗡嗡的声音，抬头看见东南边天空出现一些黑点点，青头起初以为是蝗虫。不一会儿，那声音越来越响，像发情的牛在吼叫，死难听。青头再抬头看时，顿时惊呆了：乖乖，这么多飞机！青头还看见飞机上画着红红的圆圈。飞机刚在视线里消失，西边洛阳城里就传来阵阵闷雷般的爆炸声。青头拿砍刀一下子砍在一个树杈上，骂道：“真作孽！”

太阳快升到半空了。青头挑起柴担，小翠着柳条编的篮子，拎着砍刀下山。青头和小翠是刚成亲不久的小两口。青头身体壮实，有的是力气，处处呵护着小翠，不让小翠受累，况且小翠已怀有身孕。今天，要不是小翠闹着要来，青头才不带她上山砍柴呢。下到半山腰的时候，飞机又飞过来了。青头放下柴担，坐到小翠旁边的青石板上看天。

天上的情况一时让青头摸不着头脑，到底是咋回事呀？先是两架飞机追着一架涂红圆圈的飞机打，“突突突”，子弹扫在树间，手腕粗的树枝像被大刀砍了一样“喀嚓”就断了。接着是两架涂红圆圈的飞机追着另一架飞机打。那架飞机眼看着被打中，冒起一道黑烟，接着就从飞机上弹射出一个人，飞机栽到山沟里爆炸了。再看弹出的那个人，正打开降落伞从天上慢慢落下，差不多就落在青头他们面前。

那人摘下皮帽子，高大壮实，金发碧眼。他冲着青头夫妇抻开一条白丝巾，上面写着："苏联飞行员，友军。"那飞行员舌头打着转转说了一阵子，又用简短的汉语说："老乡，我是自己人，打日本。"说罢做了一个扫射的动作，露出很好看的笑。青头也朝飞行员憨笑，从小翠身边的篮子里捧出盛水的青灰陶罐，自己喝了一口，递给洋飞行员。洋飞行员伸出大拇指，连说："哈拉绍！哈拉绍！"捧起陶罐喝了起来。喝罢，往村子里走去。

青头挑起柴担正想和小翠一起回村，天上又一阵牛吼猪叫，一架飞机正追着涂红圆圈的飞机喷着子弹。涂红圆圈的飞机挨了打，屁股后边冒出浓烟。青头觉得飞机上也该跳出一个人，谁知那飞机却顺着山坡的麦地落下来了，在麦田里划出一条巨大的深沟，随即飞起大片尘土和烟雾，一头扎进一间废弃的茅草屋里，停下来。不一会儿，从飞机里跌跌撞撞爬出一个穿黑皮衣的小个子兵。那兵没戴皮帽子，却戴孝似的在额头勒了一条中间印有红圆圈的白布条，红圆圈两边还用墨汁写着什么。

青头和小翠毫无戒备地向前走去，谁知那小个子兵却迎着他们站住，一脸凶相地拔出了腰里的手枪，眼睛死盯着手拎着砍刀的小翠，叽里咕噜地说着什么。青头停住脚步，放下了担子，刚抽出扁担，小个子兵就惊慌地开了枪，没打中青头，却打在小翠的肩上。青头扭头见小翠流了血，大吼一声"奶奶的"，就一个箭步冲上去，抡起扁担一下子把小个子兵打翻在地。小翠见小个子兵倒在地上仍举枪向青头射击，一砍刀飞了过去，正砸在小个子兵的手腕上。俩人三下五除二就把小个子兵打死了。

俩人回到村子的时候，正赶上从县城来的中国军人接洋飞行员。洋飞行员坐在吉普车上，见了青头和小翠，伸出大拇指不停地说"哈拉绍！哈拉绍！"青头笑了笑说："还有一个，叫俺和小翠打死了，是日本兵。"几个军人在青头引导下找到那个被打死的日本兵，对飞机和尸首拍照后，就地掩埋了尸首。那架破破烂烂的日本飞机，第二天也被拉走了。

几十年后，当了爷爷奶奶的青头和小翠在古槐树下谈古时说起这段往事，青头吸一口旱烟，在鞋帮上磕了磕，很肯定地说："娃儿们，谁是咱们的敌人？就是冲你开枪的人！"

会说话的钞票

○陈永林

民工满生站在一家蛋糕店前左看右看，不知买哪个蛋糕好。满生的老婆今天30岁生日，他想买个蛋糕让老婆高兴高兴。

这时，一个年轻人碰了满生一下，那人撞的力道很大，满生一个趔趄，差点摔倒。年轻人忙赔礼："对不起，对不起。"

满生一摸口袋，钱包不见了。满生忙跑上前，抓住那年轻人的手，大声喊："你还我的钱包。"

年轻人很凶："你欠揍，谁拿你的钱包了?"

马上围了一圈看热闹的人。

店主拨通110，来了两个警察，一高一矮。高个警察一脸怒气，原来他刚同老婆吵了一架。他用20元钱买了盒好烟，老婆说他不会挣钱，花钱却大手大脚。两人就吵起来。两人老是为钱吵。

高个警察很不耐烦地问："什么事?"

满生指着年轻人说："他是小偷，偷了我的钱包。"

年轻人说："他胡说！我没有偷他的钱包。"

高个警察从年轻人的口袋里掏出一个钱包，问满生："这钱包是你的吗?"

满生很肯定地说："是我的。"

年轻人也很肯定地说："钱包是我的。"

满生对警察说：“我的钱我认得。”

年轻人冷笑：“你的钱还会说话？”

满生说：“你说对了，我的钱还真会说话。这钱包里有 3 张 100 元的，3 张 50 元的，1 张 20 元的，1 张 10 元的。这 480 元钱，是我老婆在酒店端了一个月盘子的工资。其实她这个月发了 500 元钱，她留下 20 元钱做零用钱。我老婆怕我记不住钱的用途，在每张钱上用铅笔写了字。两张 100 元和一张 50 元的钱上写了‘寄家’，我爸妈给我们带儿子，这 250 元钱包括儿子的抚养费和爸妈的赡养费。还有 1 张 50 元钱上写了‘寄张’，是寄给我们村里的张伯伯，他义务给村里人修桥时摔断了一条腿，生活困难，我手头宽裕时就给他寄点钱。”

高个警察看看两张百元钞票，看看 1 张 50 元的钞票，笑着点点头。高个警察又抽出 1 张 100 元的钞票，说：“这钱上写了一个‘存’字，肯定是存银行的。你一个月就存 100 元钱？”

“原来我的钱全可以存起来，我在建筑工地上干活儿，每个月 600 元。可我已半年没发工资了。”

“这张 50 元钱写了‘还’，是还给人家的？”高个警察问。

“上个月我病了，发烧，拉肚子，我找工友借了 50 元钱，买了一盒退烧药，一盒止泻药。”

“这张 20 元钱上写了‘零’和‘生’，什么意思？”

“这个‘零’是我老婆写的，意思是这 20 元钱是我一个月的零用钱。其实我一个月花不了这么多零用钱。我不抽烟，不喝酒，一天三餐由老板包。我一个月只要买包洗衣粉和一支牙膏。这个‘生’是我写的，今天是我老婆生日，我想给她买一个 20 元钱的生日蛋糕。”

“还有 10 元钱呢？”

“寄 250 元钱得要邮寄费 2 元 5 角，还剩 7 元 5 角刚好买支牙膏和一包洗衣粉。”

高个警察把钱包递给满生，“你的钱真的会说话。”又对年轻人说：“你还有什么话说？”年轻人不吱声了，矮个警察掏出一副锃亮的手铐，铐住了他的手腕。

人群里爆发出一阵噼里啪啦的掌声。高个警察对满生说：“谢谢你，你让我懂得了该怎么生活。不过你回去告诉你老婆，人民币上是不能写字的，要用橡皮把那些铅笔字擦去。”

高个警察把一盒已经抽了几支的高级香烟塞给矮个警察。

矮个警察问：“准备戒烟？”

高个警察点点头：“戒！”

花儿与少年

〇陈　毓

我们走在去月亮湖的路上。导游又开始导游了：我们现在置身于柯尔沁草原的边上，草原上有四大名花：罂粟、虞美人、金莲花、干枝梅。罂粟、虞美人的美不用我说大家也许早有耳闻。金莲花特殊些，它只会长在草原深处的沼泽旁边，哪里看见金莲花说明附近就有沼泽，连牛羊都知道提醒自己不要身陷其中。干枝梅最为奇特，那是草原沙化的符号，哪片草地长出了干枝梅，说明哪片草地已被破坏严重。草原上的牛啊羊啊的，会躲开那片草，不吃，就保护了草原！导游似乎想要幽默，但还是没有人笑。干枝梅淡紫的小花小星星似的抱死在枝上，干着，也不会凋落，所以很多游人会不辞路远地带花回城。

草原上的月亮湖，想想都觉得美，一路上的风光也好。导游一再说，月亮湖才是最美的！她说这边的草原多是杂草，月亮湖那边的草原：一色的绿！她还说环绕着月亮湖的是百花坡，据说“百花坡”是中国一位来此视察的领导命名的。那位领导人站在那片繁花覆盖的坡地时不禁感叹：百花坡！百花坡！意思是那里的花有一百种之多。但导游说，那感叹其实是少想像力的，何止百花？肯定不止。去了就知道了！如果有愿意数的人也不妨数数看。导游说啊说的。就有人问，月亮湖是不是湖形像月亮？导游说，是湖水映过月亮。

她的问答很激情，很诗意，大家暂时沉默，在沉默里放飞想像。

车在一个拐弯处坏了。“莫名其妙！”导游说。车是新车，路是好路，第一次出门，怎么说坏就坏了呢？

那辆没有跟人打招呼说坏就坏的车并没有叫游人不高兴。因为在他们眼里，车坏的地方实在就是很好的风景地。大家一轰就下了车，导游喊“不要走太远”时，人们早已三三两两羊似的散漫到了草原上。

风从草尖上生起，风吹草低，蓝的天空也低低的，野花像草一样繁茂。遥远的深处有一棵树，离人太远，远成一个黑点。不久黑点的旁边又出现了一个黑点，不停地变大，就听见一种声音，由远及近，由隐约到清晰，没在深草里的双脚就能感觉到大地的震颤，很有弹性的震颤，骑手和他的马就这样在众人的注视中出现了。没在草里的人一起冲骑手呼喊，喊的却是：马！马呀！那骑手却是连看也不看喊他的人一眼，向着我们要去的月亮湖的方向，纵马而去……

马蹄声去远，又折回来了？等响到跟前，才看清楚来的跟去的不是同一个人、同一匹马。去的是逸马而去，马上的骑手已经中年；来的马颠步而来，马上伏着一个少年，少年的大半个身子掩在花的后面，看上去少年像是坐在一匹身上开满了花的马的身上。

少年飘下马来。少年卸下那些花儿。少年把花摆在路边。

呵，一个英俊的卖花少年呀！散漫在草丛里的人一并赶将过来：这个是什么花？那个叫什么名？有问必答，不管你买还是不买。声音低低的，是个好脾气的英俊少年。问答之间，少年的眼睛却不看游人，看在那些花上，像是欣赏，又不像。间或他会把目光投放到远处，那里，风从草尖生，向四野吹。这时你觉得少年的目光像一汪湖泊，是我们要去的月亮湖吧？有点忧郁，含着心事，被云翳罩着，跟打量他的目光保持着距离。人禁不住要猜想，他的心事是什么呢？

是更多地卖掉他的花吗？卖更高一些的价格吗？他要凭此攒足下学期的学费吗？但看他不在乎人家跟他还价、对付款多少不大在意的神情，又觉得不像。

三元一束。五元一束。少年的花很快被游人买走。金莲花、铁线莲、干枝梅离开少年和他的马，开放在花花绿绿的女人们的怀里，开在小女孩的头顶、颈项上。她们都在笑，笑容很像怀抱着的花儿，她们和花儿合影，背景是深广的草原。少年和他的马偶尔被定格在照片的一角。

少年的花已卖完，他还是不向游人看，那英俊的年轻的脸像是藏在云朵后的月亮，让看他的人由不得想去打探什么，却总是被挡在某一层看不见的屏障外边。

少年上了他的马。好像还是飘上去的。马像来时一样，带着他的主人，颠着步子走，只是方向相反，去的是我们来的方向。

暮色从少年消失的地方升起，忘情在草地深处的人们忽然想起自己要去的方向——月亮湖！我们要去的月亮湖在哪里呢？

这个深夜，在等待又一只全羊被烤熟的人圈里，和女孩鲍江月手拉手站着的，就是那个草原上卖花的英俊少年。

现在我们知道了，他是鲍江月的哥哥，他的名字叫鲍江大。

伪造的情书

○邹静之

平生伪造的文字，有一封情书。

北大荒，一年的日子有半年与白雪相对。雪之单纯单调、之无奈，让人觉出无聊。打发日子最好的办法是打赌，其次是恶作剧。

壶盖是我一校友的外号，缘自何典已记不起来了。壶盖比我们年长一两岁，以脏、懒、馋而遭人厌。壶盖身上养了不少虫，以虱子为多（地面部队），臭虫次之（坦克部队），跳蚤又次（空降兵）。壶盖因虫累赘，而面色苍白。终日坐在那儿，将手探入衣服内，清点、整编他的“三军”。时有自语似的演说嗫嚅而出。壶盖大多数精力都用来对付那些虫子，生活消沉、落寞。

想伪造一封情书给他，是我另一位校友“烧鸡”的主意。主意出了，由我来写。当年并没有见过《情书大全》、《席慕蓉诗集》之类的书，只有凭空造句。为生动起见借用了一些当地的俗语和语气词。还记得其中的一些文字：“×××：你这小伙儿真不错！俗话说，浇花要浇根，浇（交）人要交心……你如想与我相识、相知、相爱的话，咱们某日中午在供销社门口相会……”署名用了当时很流行的“知名不具”，全文广用感叹号。烧鸡读完后很觉不错，为表示对我文字的钦敬，买了一瓶劣质草籽酒奖赏我（追溯起来，那该算我挣的第一笔稿酬）。

情书放在了壶盖脏而乱的铺上。大家边打扑克边留意他的种种举动。

他被我们所见的大致过程如下：进屋，爬到上铺，发现情书，惊讶，坐读一遍，躺读一遍，呆想呆看再一遍，收起情书，此时有光彩从脸上溢出。

接下来的几天，壶盖大烧热水，洗煮自己的被褥和衣裤。因不同颜色相互濡染，宿舍中晾满了色彩可疑的裤褂。此间他去外连筹借到了一件呢子外衣，一双懒汉鞋和一副皮手套。

大家知道他在为那个虚假的相约而狂热地准备着。转眼全连三百多名知青都知道了，独瞒着他一人。这真有点残酷，我曾试着点了他两次，没用。他很兴奋，这戏必须演完了才能收场。

那是个壮烈的场面，壶盖在漫天大雪中，穿着单薄的不太合身的衣服站到了供销社门口，全连的男女知青，都在自己宿舍的窗户后看着他。雪落在他头上，雪落在他的睫毛上，雪落在他身上的雪上。壶盖平静而坚定地站着，专心地等着那个时刻到来，甚至从头上掸去雪花的空暇都没有。他被单纯的雪染白着……

羞辱开始从我们的心里生出来，壶盖的坚定坦白，让人惭愧。烧鸡打开后窗喊他。大家都喊他。直至两个人跳出去，把那个不情愿的他架了回来。

以后的几天，他一言不发地穿着那套衣服沉默地出入。大家有点担心。有天晚上，我拿出那瓶草籽酒来，要求与他共享。他喝到中间时说并没有因为这事而恨我们。至今他也不相信那封信是假的，他知道有一个女孩会为他写这样炽烈的信。而那天是我们过早的出现，吓得她没出来，她总有一天会再与他相约。

……没什么可劝慰的了，他活得很坚定，同时心里有了期待。我们非常无聊。酒喝完了，他全无醉意，我不行了。

泪流满面

〇崔　立

李建设生来就是个奇怪的孩子。

在医院刚生下来时，别的婴儿都会哇哇大哭，可李建设却不，愣是不哭。无论护士怎么去拍李建设细嫩的小屁股，这孩子，就是不哭。

医生护士都不由连连摇头：这样的孩子，还是头一遭见呢。

出院后，李父带着李建设去算命。算命先生一问生辰八字，再一摸李建设的手骨，脸上顿时失了颜色，手也止不住地颤抖起来，连连摇头，说，这孩子命太硬，要克父母的！算命先生还说，除非，让这孩子流泪。

以为只是算命先生随口一说，可在李建设五岁时，李母突患重病，很快医治无效死亡。

在李母的葬礼上，尽管有那么多人号啕大哭，可李建设愣是一滴泪也没落。参加葬礼的亲友们都说，这孩子，太硬了。

七岁时，李建设和同龄的孩子一起上了学，却不喜欢读书，和一些同样不爱学习的同学一起到处玩耍。

那时，李父还可以管管，总是在李建设闯祸后，对他一阵猛打。李建设挨了打，却从不吭一声，更不落泪，只是咬紧牙关，任父亲打得气喘，打到两眼发红。李父忍不住拍拍李建设的头，说，你这孩子，啥时候可以流泪啊。

11 岁那年，李建设在和一帮孩子打架时，眼看就要被一个孩子打倒，李建设恰好看见旁边有一块砖，想都没想拿起那块砖就往那孩子脑袋上砸，那孩子被砸得满头是血。所幸李建设力气还小，不然那孩子就没命了。

即便如此，那孩子也在医院躺了三个月。李父为此赔了一大笔钱。学校本来是要开除李建设的，经过李父的好说歹说，才算勉强同意留下来，给了个严重警告处分。

好不容易熬完小学。进入初中后，李建设越发没了管束。上学是可去可不去的，早上和父亲说再见，父亲去学校看时，孩子根本没去。李父真是恨铁不成钢啊。

一次，李父在李建设再次打架闯祸后，拿了根铁棍子打。李建设趴在桌子上，整个屁股被打得皮开肉绽。可李建设咬紧牙关，依然不吭一声，也没流下哪怕一滴泪。李父没辙了，真是没辙了。

李父问李建设，你到底想做什么？

李建设摇了摇头，没说话，目光却依然坚毅不屈。

到李建设 15 岁那年，一场车祸夺去了李父的生命，也再次印证了李建设的命硬。在父亲的葬礼上，李建设依然没落下一滴泪。

李父死后，李建设和爷爷奶奶一起生活。学也不上了，早早就混入了社会。还别说，李建设也真有些江湖能耐。20 岁时，居然成了这个城市小有名气的混混头目，不仅手下纠集了一帮兄弟，还开起了公司，做起了老板。

不过，既然做了混混，免不了要打架。

打架有赢有输。

有次李建设寡不敌众，被一帮死对头擒住了。对方的头头黄毛早就知道李建设的来历和他从不流泪、克死父母的故事。黄毛对李建设说，只要你流一次泪，我立马把你放了。

可李建设摇了摇头。

那可真是一顿好打，李建设被打得连死的心都有了。可最终，还是没有流下一滴泪。

有一次打架，对李建设来说可谓灭顶之灾。和李建设闯荡多年的兄弟胡子居然被对手活活砍死了。李建设想都没想，就拿刀冲了上去，见人就砍，见人就杀。那真是一场血拼啊！

李建设被判死刑，缓期执行。想着遥遥无期的牢狱生涯，李建设依然没有流泪。李建设只是在庆幸，庆幸自己给兄弟报了仇。

因为表现良好，李建设连续多次得到减刑。坐满22年时，李建设居然出狱了。

上公交车，李建设摇摇摆摆的。车上人很多，走过一张座位时，一个十岁左右的孩子主动站了起来，拉李建设去坐，还说，爷爷，你坐。

李建设满是疑惑地坐了上去，想，为什么要叫我爷爷，我有那么老吗？

透过旁边的车窗，李建设隐约看到镜子里的自己，两鬓斑白，还有一张苍老而又憔悴的脸。这真的是自己吗？

李建设忽然泪流满面。

一顶军帽

〇鲍宜龙

每到大年初一，退伍军人陈大虎总要请出一顶军帽，恭恭敬敬摆在酒席上首，念念有词地敬酒。

陈大虎是上世纪60年代初入伍的。那天中午，入伍不久，还未养成睡午觉习惯的大虎，就像晒鱼干似的，在床上翻来覆去睡不着。他索性不睡了，趁班长不注意，偷偷溜出了房间，到厕所转一圈后，就在营房里乱转起来。转来转去就转到了伙房，探头一望屋里没有人，桌子上放着一瓶酒。好喝一杯的他，心里一喜，轻手轻脚地溜进去，拿起酒瓶，对着瓶嘴就喝掉了一大半，然后放下酒瓶，从伙房退了出来。

刚跨出门几步，陈大虎就听身后有人喊“站住”，回身一望，是班长，就站住了。“你午休不好好休息，怎么到处乱跑啊?”班长问他。“报告班长，我上厕所。”大虎笑嘻嘻地回答说。“上厕所怎么走到这儿来了?”班长边说边来到大虎面前。大虎还没想出怎么回答，班长又问：“你身上怎么有酒味?”陈大虎脸一红说：“我……我擦了点酒精。”“酒精？陈大虎，我命令你快说实话，哪儿来的酒味?”陈大虎一见班长一本正经的样儿，只好将自己偷偷喝酒的事说了。班长一听，气呼呼地盯了他一眼说：“只怕我们的五好班要让你给毁了。快，绕操场跑10圈，将酒气散完再回去。”班长的命令不能不听，大虎只好围着操场跑了起来。跑了几圈，大虎见班长走远了，心想，那边有块菜地没翻，我不如去翻翻地，既散了酒气，又做了好事。想到这儿他就找把锹，来到菜地翻起地来。不一会儿，身上就冒出汗来，大虎就把衣服扣子解开，又把军帽放在地上，边哼着歌边翻地。

正干得起劲，就听有人说：“喂，小同志，大家都在休息，你唱什么呀?”陈大虎一抬头，见跟自己说话的是一位穿便衣的小老头儿。就说：“关你什么事啊？我喜欢。”“哟，小同志，说话怎么这么冲？看样子力气也不小?”那小老头儿笑呵呵地说。“那当然，我可是我们新兵连的摔跤冠军。”陈大虎自豪地说。

“是吗？咱们摔一跤试试？让我试试看你有几斤几两力。”那老头儿乐呵呵地说。陈大虎一听，放下手里的活儿来到地头，把小老头儿左瞅瞅，右瞅瞅，说：“就凭你也想跟我摔跤？这样吧，我让你抱后腰。”小老头儿听了一笑说：“先试试再说，如果我真的摔不过你，再抱你后腰。”说着两人就搂到一起。陈大虎还不知怎么回事呢，就倒在了地上。陈大虎脸一红，爬起来说：“我没注意呢。”老头儿笑笑说，那喊一二再摔。随着小老头儿喊出“一——二!”陈大虎又倒在了地上。陈大虎跳起一把将老头儿搂住说，不算不算，我们再来一次，一次定输赢。没等老头儿回话，已把他搂住抱起来，一运气，把老头儿摔抛了出去。大虎一出手，心里就后悔了：要是把老头儿摔伤可就糟了。没料到老头儿已稳稳地站在那儿。这时陈大虎得意地说：“今天我要不是酒喝多了，刚才两次我就不会输。”小老头儿一笑说：“难怪有一股酒味。看来又是一个小酒鬼。这样吧，等你不喝酒时我们再比试。”说着冲着大虎挥挥手，准备离开，一低头发现陈大虎的帽子正好被踩在自己脚下。拾起来一看帽子已经被踩坏了，便说：“不好意思，把你帽子踩坏了，你回去重新领一顶吧。”

大虎正望着小老头儿的背影发呆，班长不知从哪儿冒了出来，上去就给了大虎一拳：“你个愣小子，违规喝酒不算，怎么还跟一号首长摔起跤来?”“一号首长？有多大啊?”大虎傻乎乎地问。“多大？比军长大！你回去写检讨，准备受处分吧。”班长气冲冲地走了，陈大虎一下子愣住了。

陈大虎一连写了好几份检讨交了上去。他偷偷问战友跟一号首长摔跤会怎么处理，大家七嘴八舌，有的说大概是记过处分，还有的人说也许要开除回家。弄得大虎成天提心吊胆的。

转眼一个多月过去了。这天是大年初一，陈大虎值勤刚回到宿舍，就见一辆吉普车来到门前。车上下来一位同志说："你就是陈大虎吧？请跟我们走一趟。"陈大虎脸一下子黄了，心想该来的还是来了，像霜打的茄子似的上了车。

吉普车一直将他送到一个家属院门前停了下来。有人打开车门说："陈大虎同志，请进吧，首长在等你。"

大虎走进去，见院里站着的正是那天与自己摔跤的那位小老头儿。那小老头儿一见陈大虎就乐呵呵地说："小朋友来了，那天我们两人比过摔跤，今天再比比酒量如何？"陈大虎啪地行了一个标准的军礼，说："首长好！"小老头儿摆摆手说："不要拘谨，今天是大年初一，还像那天与我摔跤一样，咱们来个真砍实杀！比比谁的酒量大，怎么样？"陈大虎红着脸说："首长，我错了。"小老头儿眼一翻说："谁说你错了？那天我是想活动活动筋骨，才与你比试一下。今天家里人都让我撵走了，就我们两人，我们再比比酒量。"说着拉着大虎，坐到放着四菜一汤和两瓶酒的小桌前。

两瓶酒很快喝光，小老头儿还要拿酒，陈大虎坚决不让。小老头儿笑着说："看来我们两人今天喝酒又打个平手。也好，今天是大年初一，喝醉了不好，下回再比。你回去后，有人问你来做什么的，你就说来看望老朋友就行了。"边说边到里间拿出一顶帽子给大虎戴在头上说："那天那顶帽子让我踩坏了，这顶帽子算赔给你吧。"

陈大虎回到驻地，战友们都围了上来，问是怎么回事。大虎笑着说是老朋友请他去喝酒了，还送他一顶帽子。"谁是你的老朋友啊？"战友们边问边上来拿起他的帽子看。大家一看全都愣住了，帽子里写着"许世友、赠"！

从那以后，陈大虎就跟自己定了个规矩，每到大年初一，他都要对着那顶军帽给许司令员敬酒……

猫女子

○申　平

猫女子是我上小学时的一个同学，她大名叫什么我早忘了，只记得她小名叫猫女子。

猫女子的一双眼睛的确有点像猫，黄黄的、大大的。她的父母叫她猫女子，肯定和她的这双猫眼有关。

猫女子好像从小就是当官的材料，在同龄孩子中间，她胆子最大，也最有心眼儿，所以她从一年级就开始当班长，她胳膊上的杠杠也从一道升到了三道。

在班里，猫女子无论干什么，永远都是第一。在老师不厌其烦的表扬声中，猫女子成为我们心中不可动摇的偶像。

我第一次知道猫女子争第一的秘密，是那年学校搞小秋收活动。我有幸和她分在一个组。同样幸运的还有王和平和赵艳艳。

所谓小秋收，就是让学生们到田野里去拾庄稼，谷穗啊，豆荚啊，能捡什么就捡什么，然后由班级统一卖掉留做班费。我们几个人在猫女子的带领下，提着篮子拿着口袋出发了。可是我们在田野里跑了半天，也没有捡到什么东西。这时猫女子就说：不行，得动动脑筋了。

我们几个傻傻地看着她，不知道这脑筋怎样动法。猫女子站在高处四处望了望，把手一挥：跟我来。

我们跟着她来到一片刚刚割倒的谷地旁，又跳进旁边的一条沟里。猫女子对我和王和平说：你们两个男生去地里往这儿搬谷子，我们女生负责掐谷穗。

我们一时愣住了：这不是偷吗？出发前老师已经讲过，小秋收千万不能搞成小秋偷呀！但是猫女子却说：什么叫偷？往自己家里拿才叫偷！我们是往班里拿，是为了班级，怎么能叫偷呢？听我指挥，去搬吧！

我和王和平听了她的话，立刻理直气壮当起了运输大队长。不大一会儿，我们篮满口袋满，唱着歌儿凯旋。路上猫女子对我们说：今天的事情，谁也不许说出去，我们就是捡的。

自然而然，我们这个小组成为全班和全校的第一。在受到表扬的时候，我和王和平还有赵艳艳都觉得有点惭愧，唯有猫女子一副没事人的样子。

后来就搞起了“文化大革命”。那时我们才十二三岁，红卫兵当不成，只能当红小兵。猫女子一下子就成了学校红小兵的司令。当了司令的她每天领着我们唱歌、搞大批判、给老师贴大字报。反正不用上课了，怎么热闹怎么来。

这一天，猫女子组织我们班里的同学背起小铺盖卷儿，打着红旗，到县城附近的一个村子去搞宣传，住在贫下中农家里受教育。当晚，就把村里一个七十多岁的老地主揪出来批斗。猫女子先是带头讲，随即又带头动手，指挥班上的大个子同学把老地主吊起来打，打得他连声惨叫。赵艳艳看不下去，在旁边说了句：快别打了！不想猫女子一下冲了过来，抬腿就踢了赵艳艳一脚。她的两只猫眼冲赵艳艳喷着火：你的阶级立场哪里去了？再说，回去就批斗你！吓得赵艳艳差点尿了裤子。

随后我们稀里糊涂小学毕业，又稀里糊涂中学毕业，接着稀里糊涂下了乡。这时我和猫女子已不在一起了，但知道她仍然处处第一，成为知识青年的典型，瞪着一双猫眼到处“讲用”。

再到后来，听说猫女子成了工农兵大学生，到大城市改造大学去了，从此就没有了她的消息。

我再次见到猫女子，是二十年后，而且是在电视上。这时我才知道猫女子已经是一个市的市长，她因贪污受贿受到审判。我看到猫女子站在被告席上，一双猫眼依然瞪得老大，一副不服气的样子。猫女子的胆子真是大，竟然搞虚假工程，并从中捞了上千万元的钞票。

猫女子成了我们家乡第一个被枪毙的女贪官。

感 化

〇鲁 钊

这是1948年夏，解放军某部策反国民党驻淮兵团第二军军长王天佑失利后，迅速发动进攻，攻克了国民党军部所在地淮滨县城，解放军战士大喊着“睁大眼睛搜，活捉王天佑”的口号冲进城去。

县城里到处是散兵游勇和避难的百姓。

尖刀连连长王康攻入淮滨城后，立即带领战士们冲进军部，但找遍了旮旮旯旯儿，也没有见到王天佑的影子。看来，狡猾的王天佑已趁乱逃走了，王康就和战士们在散兵游勇、避难百姓中搜索起来。

曾经繁华美丽的中原大地，因为数十年的天灾人祸，成了饿殍千里、路有遗骨的人间地狱，王康心酸地看着这一切。

“秀秀，秀秀！”当一个拖儿携女神色慌乱的脸庞映入王康眼帘时，王康情不自禁地叫出了声。身背包裹的女人惊慌地停住了脚步：“是康哥？”王康一把拉过那女人：“你真是秀秀？你们咋跑到这儿来了？”那女人一下子扑进王康怀里：“你真是康哥？”四周很快围了一圈逃难的百姓，大家惊奇地看着这位解放军军官拉着逃难的女人大喊大叫，问长问短。

那女人把一双儿女拉过来：“孩子，这是你爹，你亲爹，快叫爹呀！”两个孩子满脸泥垢，眼睛瞪得溜圆，怯生生地看着面前高大威武的父亲不敢言声。“哎，你们咋跑到这儿来了？”王康着急地问。“没办法呀，你又不管我们。”那女人幽幽地叹口气，“自从前年你给家中寄了10块钱后，就再也没有音讯了。爹妈得了病，先后去世了。地里干旱，收不下粮食。我听说淮河边旱涝保收，就逃荒来了。”王康的眼睛湿润了，他从背包中取出两块窝窝头，又扭头对几位战士说：“谁有钱？借我一点儿。”一位战士默默地掏出一张纸币，王康接过来，塞到秀秀手中：“你带孩子回老家吧，我还有战斗任务，顾不上你了，再受一段苦，等全国解放了，就能过上好日子了。”说罢，也不顾秀秀和孩子的哭号，催促着他们离开。

“解放军长官，我投降，我投降。”突然，戏剧性的一幕出现了，逃难人群中走出一个人，径直来到王康面前，“请转告贵军长官，我就是王天佑，请贵军接受我的投降。”王天佑取出怀中的军部印鉴和小手枪交到王康手上，真诚地说：“贵军曾策反我，我认为作为军人，哪有投降的道理？可是，今天我亲眼看到了这一幕；你们才是有理想、有纪律的军队。鸟择良枝而栖，将择明主而投。我要向真正代表中国人民利益的军队投降！”

解放后，王天佑将军响应毛泽东主席“一定要把淮河治好”的号召，将余生精力投入到治淮事业中去，成为一名治淮专家。

子夜的士

○王　往

子夜时分，火车站广场不再杂乱。赵越打量着这熟悉而又陌生的地方，朝记忆中的的士区赶去。

司机的年龄较大，头发稀疏，面容苍老。赵越在右侧坐下后，司机望了他一眼，露出一脸惊异，几乎要叫出声来，但是很快又恢复了镇静。司机没想到这会儿碰见了原区长赵越。他忘不了，是当年的区长给了他一千多元钱，让他开了小吃店。他赚了钱，让妻子单独掌管店面，自己又买了的士。可是，他不相信这样的区长也会腐败，也会进监狱。区长被捕的新闻传出时，正是他的小吃店有了起色、他准备给区长写感谢信的时候。当媒体报道区长被判刑八年的时候，他惊呆了……

司机忍不住用眼的余光看了一下赵越：他的脸还是那么白净，但是，没有了生动的光泽。极短的发茬一片斑白，与褪色、起皱的夹克映衬着麻木的脸颊。他是什么时候出狱的？从简陋的行李看，也许刚出狱吧。这人哪……司机在心里叹息。司机一手扶方向盘，一手拿过台子上的烟盒，抖出一支，朝着赵越："来一支？"赵越侧脸，笑笑："不，谢谢师傅，我不抽烟。"赵越看到司机搭在烟盒正面的大拇指只有半截，赵越同时还注意到司机目光中别样的神色。赵越就有些莫名地慌乱，赶忙扭头朝着窗外。

"老城机械制造厂"几个字从眼前一闪而过，让赵越猛然一惊，他不禁扭头看一下司机，看着那扶在方向盘上的断了半截的拇指，突然间就想起了这个司机的姓名。

司机叫罗敬业，机械厂的工人，劳动模范。有一年的“五一”前夕赵越去机械厂视察，厂长介绍说，这是技术攻关组组长，肯钻研，能吃苦。可罗敬业说，厂长，你说这干啥。你就说说我三个月没事干的原因吧。为啥？技术攻关缺经费。当时的区长赵越，问清了情况后，当场决定让银行贷款给机械厂15万。罗敬业激动地拍着胸口说，区长，我要不在三个月内把新项目开发出来，你下次来，我在地上爬三圈给你看……不过，那一次印象并不十分深刻。留下印象的是几年后的除夕前他带着慰问金，去看望下岗职工。那一次，他握着罗敬业的手，注意到罗敬业的右手拇指少了一截，他说：“老罗啊，你是机械厂的功臣，有什么困难，尽管讲。”罗敬业说：“区长，没什么困难，我只是为机械厂心焦啊，你看几百个人……”赵越笑了，从随行人员手中接过慰问金，递给罗敬业。罗敬业说：“也好，有了这钱，我想先开个小吃店，渡过一时的难关。请区长放心，企业任何时候需要我，我都会全力以赴的。”“好啊，老罗！”区长赵越夸赞道：“不过，要开个小吃店这几百块钱咋够，这样吧，我个人再给你1000元。”第二天，赵越真的个人掏腰包，让人送来了1000元钱。

“望江区区政府”几个字又从眼前一闪而过，赵越闭上眼，心在流泪。从这儿走到监狱再路过这儿已经六个年头了。赵越想着想着，愈发地痛苦和慌乱。他看了一下计价器：9．80元。赵越掏出10元钱，说：“师傅，就从这儿下吧。”

司机减速，但未停下，说：“你不是说到梅苑小区吗？还有好一段路呢。”

“就这儿，我……我步行回去。”

“不要紧的，我不收你钱。”

罗敬业的话让赵越更加尴尬。“不……请你停下，停下。”赵越几乎在求他。

“那……也好。”司机停下车。

赵越给钱，司机说：“算了吧。”罗敬业的声音低沉，却含着一种真切的情感。赵越说：“深更半夜的，不容易呀，拿着。”

赵越下了车，说声：“谢谢啦，师傅。”就走了。

司机却没有走。

赵越走到梅苑小区街道时，一辆的士又在他身边停下了，吓了赵越一跳。

司机下了车，向他伸出了手——那只拇指断了一截的右手：“赵……老赵——”

赵越低下头，好久，才缓缓伸出手。触碰到对方的手时，赵越的泪水就滴下了，哽咽着叫道：“罗师傅……”

女　人

○申永霞

十年前，他在厦门一所大学校园里，还是个潇洒、斯文的中年导师。他还没有老，经历了一点点风尘，许多故事都缩进了瞳仁里。

但瞳仁深处，有一丝丝亮点，这个亮点像雪花一样在飘浮着。

这个亮点，就是亦梅的身影。

亦梅是他的学生，亦是他平常日子里的一点安慰。他想到她时，心里就像丝绸一样柔软。他想起她时，空气一下子变得香甜。

亦梅只是笑，然后巧妙地躲开。她窈窕的身姿轻轻一闪，像只燕子一样钻出他温热的手掌。

他总想捉住她。在一个没有别人、只有他们俩的时候，他总想捉住她。他不明白自己捉住她干什么，一个孩子喜欢一样东西不也总是想把它抱在自己的胸前吗？他就像一个孩子一样。

亦梅是聪明的，她望见他的身体慢慢升温，眼神有了些变化时，便温柔地笑着躲开。

她还没有真正爱过一个人。她是一朵莲花，她要保护好自己。

她并不跟他恼。亦不恨他，亦不讨厌他。因为，她知道他只是一点点坏。他的喜欢是发自于心，而他的心仍是合格的。所以，两年来，她死心塌地地跟着导师，很安全，很好。

亦梅在学业上很用心，她的论文发表得越来越多，也越来越有质量。

毕业后，亦梅没有继续攻读，因为她非常顺心、非常如意地进了一个工作单位。从此她离开了学校，离开了导师。

她走了，带走了他眼里的那片雪花，也带走了他的很多快乐。没有欢喜的生活是无味的。空气不再是甜美的，食物不再是滋养人的。洪斯文在很短的时间里憔悴得很厉害。他学会了失眠，发脾气，骂人。

这种日子是痛苦的。他没有做太大的斗争，交了一份辞呈就离开了那所大学。

山不转水转。十年后，洪斯文又回来了。这一次，他是作为加拿大一个集团公司的董事回国洽谈生意的。此项业务会给合作者带来非常大的发展机遇。因此，他一下飞机，就被人团团围住了。

他没想到，亦梅也在。

退去了十年前的青涩与单薄，亦梅像个真正的女人一样盛开。十年的风声雨声，弹指一挥间，洪斯文望着她时，眼睛一刹那湿润起来。她没有变，她更美了。而他在商战的厮杀中已经鬓角发白。他望着她时，不再像十年前那样热血沸腾，他的内心升起无限的温柔与慈爱。

亦梅也在笑。

厦门的夜是红色的夜，金色的夜。厦门的夜是浪漫的、蛊惑人的夜。走在这样的夜色中，亦梅的肩一点点靠过来。她的腰肢那么地软，她的脚步那么地轻，她一定经历过很多的故事。

他们轻轻地说着话，回忆了许多的往事。他没有忘记，他的过去是可笑的。因为他那么地冲动，那么地想捉住她，那么鲁莽、不礼貌，那么地想得到她。亦梅亦只是笑，她的眼睛亮晶晶的，她就在他的身边，紧紧地拥在他的身旁。如果是从前，他一定不可自制，一定要来捉她，一定会把她紧紧地抱在胸前——这怎么可以少得掉呢，这不正是他的梦想吗？可是，此刻，他却无比宁静与安详。十年中他经历了太多的事情，已经懂得情与欲的区别，他已经学会静静地欣赏一个女人，而不是得到一个女人。

尤其是亦梅，在他心里，她比别的女人更圣洁、更重要。他这次回国，原也打算找到她，带她在自己的身边，像保护自己的女儿一样保护她不受生活带给她的苦痛与泪水。

他打算回到自己的房间里，将他的想法全部告诉亦梅，以此取得亦梅的理解，征得她的同意。但是，他没料到，走在回宾馆的路上，亦梅的身体却一点点靠过来，她的胸部一点点地靠过来，她柔软的红唇迷蒙的双眼一点点靠过来。回到房间时，亦梅完全像喝醉了一样倒在他的身上。

他也觉得自己的身体有些热。这是他十年前的梦，他特别希望亦梅也像十年前那样躲开他的双手和欲望，但此刻的亦梅没有躲开他，而是深情地扎进了他的怀里。卷发遮住了她的脸，他的心在一点点下沉。他不再是十年前的自己，他不再那么坏，那么好奇，那么想占有她，他现在多么希望亦梅像只燕子一样钻出他的手掌，像从前一样，逃到远处，温柔地、戏谑地看着他笑。但是，亦梅正躺在他的怀里，把自己像鲜花一样献给了他。

洪斯文不知道她是为了他，还是为了他的身份。他站在床边，幽幽地问：如果我是另一个人，亦梅，你也会这样吗？

亦梅像喝醉了酒一样“哧哧”笑着说：有什么关系呢？大老板。

洪斯文推开门走了出来，他站在摩天大楼的顶层，望着夜色浓重的天空，心里叹息道：亦梅。

父亲的小说

○丁　捷

父亲是位天才的小说家，世界上，只有他唯一的儿子我，自始至终确信这种赞誉。但旁人永远也不会承认。父亲读了一辈子小说，讲了一辈子小说，却没有写出一篇白纸黑字的小说来。

父亲是个生性寡淡的人。在我的印象中，除了嗜烟和贪读小说，他几乎别无他好。在夏天的凉榻和冬天的火炉旁，父亲总是将他的脸深深地埋在一本厚厚的书或一本大大的杂志里。他高度近视，因而那神态异乎寻常地投入，像是用牙齿啃里面的字，连一个极小的标点也不放过。他的右指缝里夹着一支挂着长长烟灰的纸烟，一缕烟从那里出来，弥漫在父亲的四周。除了翻书页，父亲几乎不肯动一下。有好几次，母亲来催父亲去吃饭，都被这种景象弄得有点蹊跷——她觉得父亲像是入了仙境了！

对这一切的最早记忆，要追溯到我好奇期的童年。小男孩崇拜父亲的本能，使我决定去探索一下父亲迷恋的东西。

我从父亲的提包里拖出那本厚书，学着父亲的样子躲在房里读它。但它磕牙绊齿，有许多字我不认识，许多词我不理解，只好再抱来汉语词典，读得很艰难，但旋即，那种异乎寻常的乐趣浸润了我的全身。我这么轻捷就进入了属于成年人的精神园，那园子复杂却令未成年的我着魔。

姐姐在我之前就成了小说痴，她将同学中流行的那些小说带回来给我和父亲，我们三人常围着一篇小说没完没了地谈。往往是在饭后的小桌旁，母亲也不急着收拾碗筷。母亲是老初中毕业生，文绉绉的东西也懂一点，我们就把讨论着的小说情节讲给她听。

只有在这种场合，父亲才很生动。他能讲出许多不可思议的故事，能对小说里的生活发挥出许多感慨，能手舞足蹈，甚至一不小心从竹椅上跌下去。这与平时的父亲判若两人。父亲平素很木讷，不善交际、言谈，所以在工作和处世中，他并不是得心应手的人。父亲在他那个不大的单位里被称为秀才，他始终挂着一个副职，包揽了所有文字工作。父亲一生应该说写了很多不署名的“作品”，所以父亲单位那个大父亲十来岁的老领导，在参加父亲的追悼会时，反复念叨着父亲的踏实肯干，说父亲一辈子写的东西，完全不少于一个著名作家。

这是好几年前的事了，其时我是一个刚进入大学的青年。他的这句话，使我的心里非常酸痛。我忽然悟出父亲不长的生涯一定度得很涩。可父亲对小说却有着反常的痴迷，很明显，父亲是极其热爱生活的，内心渴望一种如小说中描绘的充满了无限意蕴的生活。

父亲讲过一个让我们这代人当小说读的故事。一个男生得了急病，急需输血，全班同学深夜跑步赶到医院查血型，结果发现只有一男一女两位同学是适用血型，男同学身体瘦弱，但挽袖而上，抢在女同学前输了血，结果他晕倒了……那个献血的男生就是父亲。

南通的老同学就是父亲献血救活的那位。父亲后来果然去看了他。那人在一家影剧公司当经理，见了父亲好一阵子想起来，问父亲需要帮什么忙。父亲当天就回了家，直到去世，再也没有提及此事。

一颗香烟

〇赵　新

那是5年以前的事情。5年以前，马亮35岁，在古寨乡当乡长。

那年春天的一天，马乡长在乡政府召开一个小型座谈会，座谈关于放牧和养殖大牲畜的问题。参加会议的只有十几个人，都是古寨乡的村民，都有一定的代表性和权威性。作为会议的主持人，会议开始时，马乡长首先向大家问好，给大家道了辛苦，然后掏出自己带着的香烟，一颗一颗递给大家。马乡长的身边坐的是放羊的老汉杨老万，马乡长由远及近最后一个把烟递给他时，竟出现了特殊和意外：那老汉双手把那支烟挡了回去，脸上一片郑重和严肃的表情。

马乡长笑了：大叔，您不抽烟？

老汉掏出烟来说：抽啊，我抽烟抽得很勤，很凶！

马乡长说：那您就抽我一颗，我这烟比您的烟好！

老汉说：好也是抽，歹也是抽，反正都冒烟，咱还是各抽各的吧！

会议出现了这么一个小小的插曲，大家都笑了，都觉得杨老万这个人真是有点别扭。会议接着往下开。会议开得很好很热烈，十多个人全都发了言，杨老万当然也发了言，而且发言的质量要比别人高，他结合自己的放牧实践提出了许多真知灼见。马乡长很兴奋。马乡长在作会议总结时这样说道：今天的会议开得很成功，很实在，大家八仙过海，各显神通，对我们乡的放牧和养殖问题提出了很好的建设性的意见，尤其是杨老万大叔的发言，朴实深刻，诚恳直率，句句说到了点子上，句句……

讲到这里时，马乡长很想点一颗烟抽。马乡长有个习惯，开会讲话时喜欢抽烟，只要把烟一点，他的讲话会越精彩，表情会越生动。可是现在马乡长的烟盒里没有一颗香烟了，自己再出去买吧，显然不合时宜，而且马上就要散会了，托人再去买烟也不值当的；不抽这颗烟呢，情绪上不来，影响自己的临场发挥，影响会议的效果。也是凑巧，这时候正好杨老万往外掏烟，马乡长便抓住这个机会说：大叔，借给我一颗烟吸！

杨老万愣了一下：马乡长，你是说借我一颗烟吸？

马乡长点了点头：对，借您老人家一颗烟吸！

杨老万说：马乡长，既然是借，借了东西是要还的！

马乡长说：还，还，散了会我就还给您！

杨老万递给马乡长一颗烟，马乡长继续把话讲了下去。这又是一个小小的插曲，大家都笑了，都觉得杨老万这个人真是有点意思！

会议说散就散。散会以后马乡长立刻被人拉到了饭馆里，一下子喝得酩酊大醉。

喝醉了酒，马乡长当时就忘掉了那颗烟的事情。

马乡长工作忙，后来仍然忘掉了那颗烟的事情。马乡长常常在古寨村的村口和街面上遇见杨老万，遇见那老汉赶着羊群上山，赶着羊群回村。有一次马乡长看见那老汉从地上捡了许多烟头儿，并把那些烟头儿小心翼翼地装进衣服兜里。那年年底乡政府召开全乡劳动模范大会，中午就餐时马乡长去给杨老万敬酒，顺手把桌子上的一盒香烟塞进老汉的口袋里。马乡长说：大叔，以后别再捡烟头儿吸啦，那玩意儿不干净！老汉掏出那盒烟答非所问地说：马乡长，这烟我可不能要；这是乡政府出钱买的烟，这是招待大家的烟！

过罢春节，马乡长被调到了县城，先任某局局长，后来当上了分管全县教育工作的副县长，这就到了现在，到了今年春天！这一天马县长到古寨乡考察工作，除了看见杨老万那一群雪白的羊群外，又看见那老汉弯着腰在地上捡烟头儿。马县长让司机把车停下，一个人走到了老汉跟前。

马县长说：大叔，您好！您还在放羊啊？我看见您又从地上捡烟！

老汉有些脸红，有些尴尬。他慌忙把手藏到背后，低下头说：没有啊，没有啊，我正赶着羊群出村……

马县长递过去一条烟说：大叔，我送给您一条烟，您别捡烟头儿啦，那玩意儿不干净！

老汉说：马县长，这条烟是你自己买的吗？

马县长说：不是，这么好的烟我能买得起吗？给您您就抽，管它……

老汉说：不是你买的我不要；是你买的我也要不了这么多，我只要你一颗烟！

马县长还是没有想起那一颗香烟的事情来，他只是看着那老汉渐渐地走远，渐渐地走远！

夏天的时候县教育局忽然报告马县长，说古寨村的村民杨老万去世了，这位62岁的老汉立下遗嘱，要把多年积攒下的18万元人民币捐给古寨小学！马县长大为感叹，等匆匆忙忙赶到古寨村时，那老汉已经入土了。马县长从杨老万的儿子杨小万的手里看到了那份遗嘱，遗嘱上除了捐款的事情外还有一条：马县长还欠我一颗烟，一定要让他归还！

马县长终于想起了5年前的那个座谈会，想起了那颗烟。

马县长本来带着烟却又亲自从村里的小卖部买了一盒烟。马县长带着这盒烟来到了老汉的坟头上。马县长给老汉点燃了一颗香烟后泪流满面地说：大叔，您抽吧，这是我自己的烟！

马县长还了解到，那杨老万原来是古寨村的前一任支部书记，退下来之后当了一名名副其实的放羊汉。

沧　桑

○郑　远

凯需要沧桑感，燕决心在未卜的打工生涯中，把自己塑造成一个完美的女人……

那是多年前，凯在北京当兵。有一天，凯在复兴门站等地铁。从入口处走来一个女人，身着一袭深色长衣，款式并不新潮，但质地非常好。女人背一只精巧的坤包，双手插在衣兜里。只是随意地一望，凯的目光就没有离开她。女人也发现凯在注意自己，但女人的表现与别的女人完全不同，既不局促不安羞涩腼腆，也不傲视无人故作矜持。而是在和凯擦肩而过时，从容地、淡定自若地投来轻轻的一瞥。

凯无法从女人的目光里筛下来什么，但是，凯又觉得女人的目光里有太多太多的内容。过后凯才感觉到自己的失态。

而在当时，这个女人就像一块具有无限磁力的磁铁，凯只是很小的一星铁屑。这以后，凯总爱拿接触过的女人和她比较。凯认识的女人当中，很有一些出众的，品貌气质俱佳。可是一比较，凯就觉得她们身上缺少点什么。随着阅历的增加，凯明白了，那女人身上有一种与众不同的沧桑。

凯下决心找一个有沧桑感的女友。

凯的家庭条件优越，工作单位理想，想找一个漂亮的女友不难。所以，一个又一个靓丽的倩影闯进他的视线，又很快从他的视线里消失。分手时，凯回答她们的责问，只有一句话："你缺少一种沧桑感。"有淑女风范的姑娘会困惑地看着他，摇摇头走开。遇到心直口快的姑娘，干脆奚落他：“你是不是有神经病！”这时，凯就会无奈地笑笑，越发觉得这些姑娘俗，作为一个真正有品位的女人，沧桑感是不可或缺的。

认识第七任女友燕，凯内心的缺憾更重了。燕长得很美，曾是大学的校花。和凯相识不久，燕深深爱上了凯。燕常做小鸟依人状，柔情似水，娇若无骨。凯一度沉醉，清醒过来，凯仍然为燕缺少沧桑感而遗憾。燕知道凯的心思，点着凯的鼻子嗔道：“傻瓜，不经过世事的磨砺，哪来的沧桑感呢？更何况一个女人！”燕的话提醒了凯，对呀，沧桑感是可以培养出来的嘛。凯把自己的想法告诉燕，燕惊讶地望着凯，本来，燕用不着考虑就该拒绝凯的，但凯英俊的脸上满是期待。最终，燕心软了，为了心爱的人，燕有化蛹成蝶的勇气。燕毅然辞去舒适的工作，南下打工去了。凯需要的是沧桑感，燕决心在未卜的打工生涯中，把自己塑造成一个完美的女人。

几年后燕回来了，重新依偎在凯的身边。燕美丽依旧，柔情依旧，只是神情间多了一分让人怦然心动的伤痛，举手投足中有一种成熟女人的韵味。凯精心呵护燕，燕为他付出的确实太多了。

但是，敏感的凯很快觉察出燕变了。在和凯如影随形的出入中，燕的目光越来越专注地投向凯以外的某些人——

那是一群事业有成、颇具沧桑感的中年男人。

按摩师

〇韦　名

街角新开了一家按摩室。

在几乎所有的按摩室门前都装有黄灯的一条街里，这家新开的按摩室有点特别：门前金黄牌匾出自名家的手笔，遒劲有力，夜晚灯光如昼。这还不算，装饰得有相当档次的按摩室里没有如花的女按摩师。按摩室就三个人，五十来岁的老板是按摩师，两个年轻小伙子是学徒。按摩室也不大，有五六张按摩床。

“你这么个装饰，有客吗?”我长期伏案落下肩周炎，那天路过，走进了这家新开张的按摩室。

老板不置可否，笑。

老板话不多，手脚却利索，推、压、抓、捏、捶、打，手艺娴熟。只听得身上一阵阵劈里啪啦，敲敲打打的一阵过后，周身舒坦多了。

有了第一次的舒坦，便常常光顾那家按摩室，渐渐地和老板熟了。老板话不多，非常客套，对自己的经历却讳莫如深。我零星了解到，老板是本地人，自小家贫，跟随民间拳师习武。拳师传授其跌打损伤的按摩治疗手艺，老板情迷按摩，遂从在家里帮人推拿按摩到开店坐堂。

那天晚上，我又到按摩室按摩。没坐下多久，三个浑身酒气的青年冲进了按摩室，径直躺到了按摩床上，嚷叫要小姐。老板的两个学徒走过去好言相劝，让他们起来排队，并告诉他们这里没有小姐。

“没小姐你按个×？”为首的一个一拳打过来，顿时，一个学徒血流满面。

“找小姐找错地方了。”老板快步冲过去，以迅雷不及掩耳之势擒住了这个青年，两个学徒也同时擒住另两个青年。三个青年不再嚣张，把身上所有值钱的东西都掏出来，一个劲儿地求饶。

过后没多久，这条街发生了一起抢劫事件。那是中午，一位姑娘在街上走着，忽然被后面冲上来的两个骑摩托车的歹徒用力割下背着的挎包，姑娘穿着无袖连衣裙，一刀下去，包被抢了，姑娘手臂也被割破……

“抢劫啦……”姑娘边追边喊。听到喊声，老板从屋里探出头来。

歹徒骑着摩托车刚好狂奔到老板的按摩室门口，老板一个箭步冲上去，把骑摩托车的扯下车来……

警察赶来时，老板已吩咐两个学徒送姑娘去了医院，两个歹徒交给众人看管，自己却进按摩室工作了。

后来，老板就像大医院里的名医一样，实行挂号预约按摩，一天不超过20个。“不好意思，太累了，要休息了。”对排不上号的，老板摆摆手，一脸歉意。热心的人劝老板招兵买马，扩大规模，老板只是笑笑。无论生意多忙，老板也没让他的两个学徒独自上阵。

那天下班回家时，忽然看见上百人围在按摩室门口，吵吵闹闹。

“出什么事了？”我心急地围过去问。

原来，热心人打了报社热线电话，报社记者进行调查后发现，这个貌似北方澡堂擦背工的按摩室老板居然是一家大型民营企业的老板，身价千万。他开按摩室，只是由于他热衷此行！

千万富翁开按摩室无疑是一则奇闻。报纸一出，满街哗然！小小的按摩室被好奇的人围住了。

如是几天，按摩室门口几乎天天人头攒动，按摩无疑是做不成了。无奈，老板只好停了生意，留下装饰得很特别的按摩室在街角向路人静静诉说。

澡堂春秋

○辛治平

一

在澡堂里，有这样一种人，你几乎每次都能遇到：你去的时候，他正披着浴巾跟人聊，你走的时候，他依然披着浴巾和人侃；有时，还搓着花生米的皮喝二锅头；要不就躺在长椅上鼾声如雷。那样子颇有以澡堂为家、立志要把澡堂坐穿的执著。

一天上午，我刚刚洗过澡，便被朋友们拉着打了几局保龄球，出了许多臭汗，吃饭前想冲一下澡。在我的极力推荐下，几个朋友碍于面子，随我去了大众浴池。到了里面，我惊讶地发现，上午已经见过的老头儿仍在那里跟几个中学生模样的孩子唠嗑儿。那几个孩子哼哼哈哈应付，神色紧张，逃命般地迅速穿衣。但老头儿不管这一套，抓起一个胳膊像麻秆似的孩子的手，说要试试孩子的腕力，把孩子捏得直咧嘴。

我偷偷告诉朋友们老头儿已经待了一天了。朋友们都不信，说我胡说，再脏的身体也用不着洗一天呀！等我冲完出来，却发现朋友中的一个正被老头儿拉着手，那样子就像临终前的爷爷放心不下唯一的看不够、亲不够的孙子。看到我们吃惊的样子，朋友尴尬地说，你们先走，我随后就到。

一个小时后，朋友才匆匆赶到吃饭的地点，菜都凉了。我们都生气地盯着他。可这小子却根本不看，只顾一口喝下一杯啤酒，摸着嘴嚷嚷：哥们儿，知道老头儿是谁吗？他原来是市公安局长。提前退了，闲得难受，到澡堂说是要抓小偷呢！我大惊，一下子就原谅了他的迟到，也原谅了老头儿的怪诞。

二

在澡堂里看老人洗澡，经常会生出一种莫名的忧伤。想想几十年后，自己也这样无助，甚至更差——心里惦记着洗澡，可行动不便——就格外佩服释迦牟尼，他顿悟了人生之苦，也便远离了无边苦海。但有一次，却让我生出别样的感动和感慨。

那是两位老人，老的有八九十岁，手脚哆嗦，走路是一点一点地蹭；另一位也有六十多岁，皱纹纵横，白发苍苍。这两位老人走进澡堂，几乎成了一道风景。我发现许多人都抻了脖子朝他们看。两个老人却是平和的、专注的。年轻老人小心翼翼给老老人脱了衣服，然后自己脱，然后便搀扶着老老人慢慢走进浴池，像两截冬天的松树干在缓缓移动，庄严而神圣。

但在浴池，两位老人遇到了麻烦。年轻老人费力地托着老老人，但就他一个人显然不能把老老人安全送进浴池里。他没有请别人帮忙，他维护着老人特有的尊严。他没有放弃他的努力。那样子，让我心动、鼻酸。就在我打算过去帮老人的时候，我突然看到，在水池里泡澡的人齐刷刷地从水里站起来，像一群健壮的海豚，一起把老人扶进了热气腾腾的水里。我的眼睛突然湿润，这是我在澡堂里看到的最感人的一幕。

后来才知道，两位老人是父子。我不知道别人是什么感觉，那一刻，我觉得自己懂得了什么是深邃的孝，什么是真实的感恩。

上席宾客

○相裕亭

盐商，戏称盐大头。他们靠倒腾盐，赚足了银子，个个都富得流油。他们吃喝嫖赌玩腻了，不外乎还要忙活两件事：一是购买盐田，利滚利长，力争在盐区站稳脚跟；二是大兴土木，雕梁画栋，营造豪门大院，光宗耀祖，流芳千古。

可沧海桑田，世事轮回，历朝历代的盐商富豪数不胜数，又有多少盐商后代继承先辈的家业，永葆辉煌呢？屈指算来，盐区一代又一代的盐商，无不在败落——兴盛——败落中煎熬着。

光绪六年，盐河北岸的吴海生，爆出一条惊人的消息，他要在盐区最繁华的西大街上，建造一幢深宅大院。外人听来震惊，不敢相信！了解他吴海生的人，更不会相信他有如此能耐。

吴海生是什么人？海鲜馆里跑堂的店小二。盐区上点岁数的人都还记得，吴海生的父亲是个赌鬼，他曾在一夜之间，赌来上百顷白花花的盐田；又在一夜之间，赌掉了家中的娇妻美妾。最终，自缢在一棵歪脖子树上了。

吴海生失去父亲那年，刚好十二岁，当时他正在学堂里摇头晃脑地读《百家姓》、背《三字经》。眨眼之间，他从一个衣来伸手、饭来张口的富家子弟，沦为盐区的流浪儿。幸好盐河口那家海鲜馆的老板看他机灵，收去略加调教，让他做了店小二。至此，吴海生每日五更起床，帮东家炸香果子、卖油条，每天肩膀上搭条白毛巾、拎个紫红锃亮的传菜饭盒子，出入盐区的高门大院，给那些藏在闺中的俊太太、大小姐们送去美味佳肴。等到他自立门户，在盐区堂而皇之地开起一家望海楼饭馆时，吴海生已经悟出：盐区人，除了靠倒腾盐发家致富外，再就是开饭馆，也能一步登天。

常言道：人是铁，饭是钢，一顿不吃饿得慌。盐区，商贾大户多，有钱人多。而有钱人之间的交往，大都离不开戏院、酒楼、茶社。吴海生打小从那种灯红酒绿里打磨出来，亲眼目睹了有钱人的银票，是怎样像飞鸟一样，一群群飞进戏院、酒楼、茶社的。所以，终于有一天，吴海生另立门户了，独自做起了饭馆生意。不过，那时他已经娶妻生子，且人到中年。

接下来，也就是三五年的光景，吴海生发了。至于他手头赚了多少钱，外人无法估算。他学着盐区那些大盐商的做派，从南洋请来能工巧匠，扬言要在盐区造一幢前所未有的豪门大院。

有人说，吴海生这样做，是想为他赌场上丢掉性命的先父争回名分；也有人说，他是穷人乍富，撑腰凹肚。那些早就富得流油的大盐商们，说得更加尖酸刻薄，指着吴海生的脊梁骨，说他如此这般，纯属于一瓶水不满，半瓶水晃荡。

可吴海生不管外人如何风言风雨，他按部就班，如期请来南洋的工匠们，三个月有余，终于把一幢雄壮、威武、气派，在盐区独一无二的深宅大院建起来了。

竣工那天，吴家大院如同过大年一般喜庆，吴海生本人穿了一件紫红的暗花长袍、戴乌黑油亮的貂皮帽，三个儿子，一色的洋布长衫，留“分洋头”。已经娶妻生子的大儿子，膝下领着个咿呀学语的孩子，胸前还晃动着一弯亮闪闪的怀表链子。鞭炮齐鸣的那一刻，吴海生领着儿孙们，满面春风，拱手在门厅里迎客。

手持请柬的宾客们，大都是盐区的头面人物。他们中，有骑马、坐轿来的；也有揽着娇妻、美妾，雇黄包车，一路摇着铃铛而至的。这其中，有达官显贵，还有当年吴海生父亲的赌场对手乃至他们的后代。

好在时过境迁，吴海生不计前嫌。大家在欢庆热闹的气氛中入席把酒时，就有人看出不妥了——正厅的八仙桌上，原本该是吴海生陪着盐区的头面人物就座；次之，也该是吴家儿孙的席位，偏偏让那帮南洋工匠们给占了。这算哪门子事呢？

刚开始，大家猜不透吴海生的葫芦里卖的什么药，但客随主便，随吴家人安排。可酒过三巡，那些心中颇受压抑的宾客，趁着酒气，如同戏言一般，指责吴海生："为何不让你的家人（吴海生的儿孙）坐在正厅，偏要让那帮工匠们占着上席？"

吴海生先是笑而不答。末了，他告诉诸位："南洋的工匠，是为我建房的人，功不可没；可我那帮犬子犬孙，早晚将是卖我房子的人，不提也罢！"后面的话，吴海生没有细说，可在场的人大都悟出他话里话外的意思。一时间，鸦雀无声。许久，掌声响起来……

开满阳光的下午

○楸　立

“陶小陶！”五斤叉着腰站在“陶小陶陶吧”门前时，是个燥热无奈的下午。阳光晒在五斤的脸上，灼痛了他的脸颊。他的喊声引起隔壁店里几个人的注意，他们探了探头，然后又缩了回去。这让五斤万分沮丧。他现在就希望陶小陶能够马上出现，能跟他回庄上或先将自己拽进店里，让自己不要继续饱受烈日的炙烤。五斤咽了口唾沫，润了下干涩的嘴唇，又喊了一句：“陶小陶。”

店里终于走出一个女人，一个秀美忧郁的女人，长发遮挡住一侧的脸。女人问五斤：“你怎么还没走？我说了嘛，陶小陶没在这里，她学习去了。”

五斤瓮声瓮气地说：“俺就想见她一面，让她给俺句话，到底想和俺结婚不？”

女人“扑哧”一声笑了。女人说：“你是陶家庄的五斤吧？”

五斤挺了挺胸脯，嗯了一声：“俺是。”

女人说：“五斤，你和陶小陶那是指腹为婚，在法律上不算数的。”

五斤说：“俺才不管！陶小陶从小就是俺的媳妇儿，俺是她男人，庄上的人都知道。”

女人笑得捂着肚子：“行了行了，别说了，再说我的肠子都抽筋了。既然你是陶小陶的男人，那你就进来吧！”

五斤抹了下脸上的汗，抬脚进了店里。店里的空调吹得五斤说不出的舒畅，他的目光停留在琳琅满目的商品上。女人进里间打电话：“小陶，你庄上那个五斤来了。”

陶小陶在电话那头语气很烦躁：“表姐，他是不是要钱来了?”

女人瞅了眼外面的五斤：“我看不像。”

小陶说：“那就想法让他走，我在外面多待会儿。”女人是小陶的表姐，帮着小陶打理陶吧。

女人放下电话走出去，对东瞅西望的五斤说：“五斤，小陶现在很忙，她没时间和你通话，你先回去吧!”

五斤嘟囔着：“大姐，俺知道小陶现在做生意很忙，可俺娘说小陶不回去，写个纸条让俺娘看看也行。”

女人说：“怎么非要写个纸条呢?”

五斤有些尴尬：“俺娘怕俺骗她。”

女人觉得很有意思：“你以前骗过你娘吗?”

“俺娘总想看到俺和小陶结婚，天天念叨这事。俺对娘说，小陶干事业忙，过两年再说。可娘不见小陶，说什么也不信。俺这次想让小陶回去一趟，哄哄娘，让她别惦记着了。”

女人忽然觉得面前的五斤朴实得让她有些心酸。女人晓得，小陶上美术学院的学费，是这个五斤用打工的钱垫上的。可小陶毕业后和男同学经营起这个陶吧，心早就不在五斤身上了。看着五斤，女人寻思了片刻，从货架上取下一个精致的陶镜对五斤说：“五斤，这是小陶让我给你的，说是给你娘的。”

五斤顿时笑逐颜开。他双手接过陶镜，当宝贝似的端详着：“俺就说哩！小陶不是昧良心的人。”

女人勉强笑了笑：“五斤你回吧，再晚了就赶不上回去的汽车了。”

五斤抱着陶镜，欢喜得不得了：“行，行呀，有了这个东西，俺娘就会放心地走了。”说着，眼圈就红了。

女人很疑惑：“你娘怎么啦?”

“俺娘已经在炕上躺了半年了，估计日子不长了，她想见见小陶。可每次俺来找小陶，小陶总是忙得很。”说完，五斤擦了一下眼角，走了出去。

女人心里咯噔一下，很不舒服。透过窗户望着五斤的背影，久久不能平静。这时，电话响了，是她的男人打来的。男人说：“我明天就飞广州了。”

女人低声问：“我们这些年的感情就这么结束了?”

男人说：“时代在变，人人都在变。我已经找不到当初的感觉了。与其凑合，不如重新选择。”

女人清楚男人生意做大了，在外面有了别人。她不想挑明，她的目光仍随着五斤的背影流淌着。女人说：“好吧！我同意。”

男人没想到，女人这么痛快地答应了他。还想说些别的，女人已经挂了电话。远处，五斤的影子逐渐变得模糊。

小陶从外面一步跨进来，顺着女人的目光望去，对那背影说：“这个死五斤，总是纠缠着不放。”

女人抬起头，打量着陶小陶。陶小陶忽然想起什么，脸腾地红了。

女人说：“爱随时都可以选择的，但要讲良心。”当她的目光再次寻找五斤时，视野中只剩下这开满阳光的下午。

山村人物

〇刘建超

胡一哥

也算是突发奇想，我出差路过邻省的青冈县，忽然想去看看胡一哥。组稿任务已经完成，还有几天空闲。多天的旅途奔波，说好话赔笑脸地去向名家约稿，从身体到精神都是一种折磨。青冈县山清水秀，心中不快的阴霾忽然间一扫而光。于是，我决定下午去看看胡一哥。

胡一哥是我们杂志的一位作者，住在青冈县最偏远的山村。搭上三轮摩托车，摇筛子一般地颠簸了两个多小时，到了山脚下，开摩托的师傅往前边指着说，你就沿着这条小路，它咋拐你就咋走，拐过八个弯就看见八拐村了。我这车也上不去，要不会多送你一段路。

踏上山间小道，别有一番情趣。路程不算短，却没有感觉到疲乏，心情好的缘故吧。也不知道拐过了几道弯，看到绿树掩映下的小山村时，太阳已经躲到山下。八拐村不大，也就十几户人家。我的到来称得上是小村里的重大事件了。尤其是胡一哥，把我说得天那么大，好像我居住的那个城市就我一个人。想想也是，城市的人再多，与这里的村民有何干系，只有我与这里的村民有联系。胡一哥是村里最有能耐的人，只有胡一哥才和大城市里的人有来往，胡一哥的能耐都是我这个城里人给的，我就是大能耐。村里的人几乎都来到胡一哥家。小村的民风很淳朴，不管谁家来客人，都会送去家中最好的食品。胡一哥的家里就堆了些瓜果山菌之类的，还有一瓶矿泉水，我看看日期，早过了保质期。

胡一哥在我面前显得手足无措，不停地往我的跟前放食物，摊了一桌子。胡一哥说，做梦也没有想到，老师会不远千里来到穷山村看我。我有福啊，有大福哩。胡一哥在我们的杂志上发过两篇小说，都是我做的责任编辑。我是从自由来稿中发现胡一哥的。他的小说语言不华丽，技巧也不娴熟，可浓厚的生活气息和淳朴的山村逸事令人耳目一新，就像一位农村少女，虽然土气却掩不住她的天姿风采，稍加装扮就会光彩耀人。我就给胡一哥写了信，提出了修改意见。联系了几次，觉得胡一哥的稿子还是改得不到位，就问他有没有电话，交流起来也方便些。胡一哥回信时，写给了我一个小灵通的号码，说是一个朋友的，只让他接，不让他打。我就照着号码拨过去了，接电话的人听说是找胡一哥的，就让我等着。二十分钟后，听到了胡一哥气喘吁吁的声音。我听出胡一哥在电话里的声音很激动，我跟他讲了十多分钟，最后问他听明白了没有，他“嘿嘿”笑着说，没有记住。我只好又给他讲了一遍。

胡一哥对我毕恭毕敬，让我觉得不自在。其实现在谁还把文学当回事啊。我们这刊物靠财政拨款半死不活地养着，除了同行间的交流，几乎就没有订数，几千册的印数影响的范围比萤火虫的屁股也大不了多少，也就是糊弄糊弄文学青年。名家的稿件是不愿意给我们的，每年组稿就成了一件令人头疼的事。做市一级文学期刊的编辑，没有什么人把你当回事。只有还做着文学梦的青年——就像胡一哥，还把我们当神一样供着。胡一哥羞涩地告诉我，因为他发表了小说，已经加入了县作家协会。他说，自己去找县作协时，人家根本就不相信是胡一哥发表的小说。县作协的主席也才在市里的报纸上发表过几首小诗，就耀武扬威地到处给文学青年授课了。胡一哥拿出了他和我的通信，作协的人才相信，说这是青冈县第一次有人在文学刊物上发表小说，不但立即给他办了入会手续，连30元的会费也给免了。县作协的人还说，下次邀请胡一哥一起去给文学青年讲课。几篇文学作品就可以改变一个人的命运这样的事，搁在十几年前不算新鲜，如今也只有在这样的穷乡僻壤才继续延续着美丽的童话。

晚饭十分丰盛，炖野兔野鸡，山菌野菜，玉米糁粥，自家菜地里拔的小葱、生菜，自家做的香喷喷的豆瓣酱，喝的高粱酒也是农家自己酿制的，清洌醇香。我都回忆不起来此前我是否吃过比这更让人垂涎欲滴的佳肴。用句文雅的词叫大快朵颐。胡一哥看到我的吃相，局促不安地说，山里拿不出啥好东西，老师别见怪。胡一哥以为我是装出来的吃相在安慰他呢。

山村的夜异常宁静，不知名的草虫轻轻地鸣叫，偶尔夹杂着一两声晚归的鸟啼，把山村衬得更加寂静。山村还没有通电，家家油灯摇曳，如同山间随意散落了一把星星。远离了城市的喧嚣，没有了情妇般扭捏做作的灯红酒绿，近乎原始状态下的山村的夜，竟然让我品味出阵阵的感动，如滑过肌肤的缕缕清风，让人每根汗毛都感受到惬意舒坦。我一直坐到身上感觉凉了，才回到屋里。油灯下，坐着一位姑娘，是胡一哥的妹妹胡二妹。我问二妹，怎么还不休息？二妹低着头，细声说，我是来陪老师休息的。我吃了一惊，这怎么可以，胡一哥也太不像话了。二妹说，哥不知道。老师是哥的恩人，也就是二妹的恩人，对恩人是要报答的。我被山村人的真诚感动了也吓着了，以身相许的报答还只是在文学作品里才有的事情。

我好说歹说才劝走了二妹。山村的夜入睡了，我却一夜未眠。

胡二妹

胡二妹是胡一哥的妹妹，一位漂亮的山村姑娘。胡二妹的美是没有雕饰过的那种原生态的美，那种美会让你只专注了欣赏和呵护，而没有非分和邪念的蛊惑。胡二妹的周身散发着令人痴迷的野花般的体香，与你说话时嘴巴散出的味道都是清新绿色。

胡二妹被我看得不自然了，水灵灵的大眼睛忽闪着，说老师，干吗总看我啊。我笑了，说，我不是看你，我是看到了久违了的美丽。胡二妹说，我不美，城里的女人才美哩。我告诉她，她的美是天然的，城里女人的美是复制出来的。二妹听不明白，但是知道我是夸她，羞涩地笑了，白玉米一样的牙齿整洁饱满。在偏僻的山村，报社和杂志社在农民心中是很神圣的地方，从神圣的地方来的人也都是很神圣的人。二妹晚上竟然要以身相许，报答我对她哥哥的恩情。虽然二妹被我劝走了，二妹却哭了。

山村的早晨和它的夜晚一样的幽静，增加了的是更多的鸟鸣。村子脚下，一条山溪玉带般弯弯曲曲流向山外。我来到山溪边，看到了正在溪边洗衣服的二妹。二妹穿着一件蓝底白花的夹袄，把长辫子盘在脑后，婀娜的身姿有节奏地轻盈晃动，莲藕般的手臂熟练地淘洗着衣物，衣物上的水珠珍珠般闪着光泽撒落溪水中。真美。二妹见到我，羞涩地笑笑。看得出，她还有些不高兴。我蹲下身子，捧起澄澈的溪水，痛痛快快地洗了脸。

多么柔顺的一条小溪啊。我蹲在二妹的身边。二妹递给我一条毛巾，拢拢额前的刘海，说，要是遇到暴雨山洪，山溪跑起来吓人哩。二妹告诉我，她父母因病去世得早，她是跟着哥哥长大的。哥哥把所有的心思都放在妹妹身上了，快三十的人，还没有张罗媳妇儿。二妹说，她十岁那年夏天，山里下着暴雨，雷电满山地劈。她急病发烧，浑身烫得像刚烤出的山芋。哥背着她去镇上的医院。小溪已经变成了一条翻腾的青龙，木桥早被冲得没有了踪影。太危险了，她哭着劝哥哥不要去医院。哥哥把一根绳子系在腰间，另一头捆绑在溪边的一棵大树上，对妹妹说，待在家里只有等死，要死咱也死一块儿。哥哥紧紧地抱着二妹，不知被洪水冲倒了多少次，身上不知被山石磕碰划伤了多少处，终于渡过了山溪，把妹妹送到了医院。医生说，再晚一点，小姑娘的命就保不住了。

二妹说着显得很激动，为了哥，我做什么都值。二妹是在说昨晚的事吧。

我说，就是为了报答哥哥，那样做也不值得。

二妹认真起来，停下手中搓洗的衣物，说，值得，咋不值得。我从来就没有看到过哥那么高兴。那天，哥拿着你们出的那本书，高兴得满村子跑，晚上请了全村的人到家里喝酒，哥给村里人读他印在书里的小说，哥从来不喝酒，那天他喝得都吐了，说你就是他的大恩人。

我说，我是编辑，就是专门负责给人看书稿的，这是我的工作。小说是你哥写的，那是你哥的本事。

二妹说，我哥说了，没有你的帮助，他长不了本事。

我摸出手机，一点儿信号都没有。

二妹瞥了一眼我的手机，用手指着远处说，那玩意儿在山下不好使，要打电话得到山头上去。

我说，那你哥是怎么接我的电话的？

也是要到山头接的。山顶有个看林的人，他手里有你拿的那种电话。我哥说老师要在电话里辅导哥写小说。哥就扛着一袋核桃去找看林的人，哥给你留的号码就是看林子那人的。

是吗？怪不得每次给胡一哥打电话，都要等上好长时间。

我问，看林子的人怎么通知你哥去听电话呢？

二妹说，看林子的人有个铜锣，他敲锣，我哥就知道了。

我觉得挺有意思，用古老的击鼓传花的形式与现代化通讯方式融合到一起，显示出山民的智慧呢。

正说着话，隐约听到了“咣咣”的敲锣声。我问，这是不是叫你哥哥呢？

二妹收拾起洗好的衣物，撅起红润的小嘴，说，不是。晌午，我给你擀豆面条吃。

我回到院子里，看到蓝底白花的小袄在山间往山顶上移动。

二妹回到小院时，满脸的不高兴。我故意逗她，二妹，是不是去会相好的了？二妹杏眼一瞪，呸，他才不是我的相好呢。

不是相好，还跑那么远去看人家啊。

二妹用力地揉着面团，说，自从看林的人让我哥听电话，他就提条件，要我也去陪他说话，他说，整天一个人，连说话的人都没有。

我好像明白了，刚才那锣声是叫你的？

是，叫我哥叫我的锣点不一样，你听不出来，哥也不知道。

这个看林人倒蛮有意思啊。

二妹脸红了，说，看林人不老实，有时就搂住我亲我的脸，还动手摸我的胸脯。为了哥，我忍了。

吃过饭，我与胡家兄妹告别，又听到山头传来阵阵铜锣声。走出胡家兄妹的视线后，我拐道走向山头，我要去会会这个看林人。

看林人

我决定去会会这个看林子的人。爬上山头，我已经汗流浃背，两腿就跟不是我的似的，不听使唤，挪不动地方。我只好坐在石头上喘粗气。

山下没有风，山上的风就大了，还凉。汗湿的衣服贴在身上，风一过如贴了冰。从山顶向下望去，围在山脚下的不只是胡一哥他们的村子，还零星散落着七八个，村子都不大，十几户人家的样子。过了晌午，山阴面的村子着了重彩一般，墨绿厚重；山阳的一面村子打了亮色，明媚娇艳。看林人每天有这般好风景陪伴，我心生羡慕了。

山顶两间简易的红砖瓦房，房子四周还扎上了围栏，围栏内种着好几样蔬菜，能看出每块菜地都是经过精心修整的，稠密稀疏，错落有致。

看林人听到了外面的动静，推开木板拼凑的屋门，走了出来。

你是谁啊，干吗？问话的人中等年纪，稍微有点谢顶，长得不像我想象的那么恶劣，看上去还蛮忠厚的。

我说，我是杂志社的记者，出差路过，来看看。

看林人有些生疑，到这大山沟里出差？

我拿出记者证给他看。他仔细地看过，递还给我，刘记者，屋里坐吧。

屋里的光线很好，收拾得也挺利落，看得出主人对生活的认真态度。

喝茶。我姓幺，叫我老幺就行。

这个姓很少见，老幺叫着也别扭。

我递给老幺一支烟，就你一个人在这山上住？

老幺点燃了烟，深深地吸了一口，又长长地吐出，说，原先还有媳妇儿，跑了。

生活条件艰苦。我说。

能算艰苦？住在山上，四季可以种瓜种菜，林子里可以采蘑菇，采山珍。野兔山鸡有的是。白天看风景，晚上搂着女人摸着女人的奶子睡觉，公家给发钱，多自在。你说，能算艰苦？

我也点燃烟。老幺说，一个人长年累月地在山上生活，最渴望的就是与人交流。我那媳妇儿也是村里的美人儿，跟了我也是她们家的福分，找个公家人，吃公家饭的，容易？她家连彩礼都没要，上赶着把姑娘嫁给我哩。你喝茶，喝茶。我端起豁了边的碗，抿了一口。清新微苦。

老幺说，这是山上自产的茶，清火去热，滋肝养肺。前年，来了一个放蜂的南方人，说话疙里疙瘩的，脸长得白。那小子还会做饭，把各种野菜炒得喷喷香。熟悉了，来往也就密了，那小子知道外面不少新鲜事，就把我媳妇儿听迷糊了。我下山去镇上办了两天生活，回到屋里，放蜂的人和我媳妇儿都不见了。给我的屋里留下了两罐蜂蜜。没有了女人的日子，还真他妈的不太好受。

我看到墙上的那面锅盖大小的铜锣。听村民说，你的锣敲得很地道。

老幺又警觉起来，你怎么知道？他们说啥了？

我说，八拐村的胡一哥说你敲锣告诉他听电话，他挺感谢你啊。

老幺笑了，说，这里八九个村子，就我这儿有信号。

我看到木板拼成的桌子上，放着一部样式过时的手机和一堆电池。

我们这里没有电，每次去镇上办生活，都要充好几块电池，够用十天半个月的。胡一哥可是用我电话最多、通话时间最长的。

我说，胡一哥是我们杂志社重点培养的作者，是个业余作家。

老幺说，是吗？怪不得每次来听电话都听他说一些稀奇古怪的词。敢情他还会写书，不简单啊。

是啊，胡一哥是很有发展前途的，现在已经是你们县作家协会的会员了，是个成大事的人。你也算是为作家的成长助了一臂之力啊。

是啊是啊！我最佩服有学问的人。你说，要是我也有学问，知道的事多，我媳妇儿会跟放蜂的跑了？

我又递给老幺一支烟，点上。老幺啊，听群众反映，你的锣声好像还招呼其他的事啊。

老么怔了一下，说，记者同志，你不会是来采访这个的吧？

我说不是，胡一哥是我们重点关注的作者，对他家里的情况我们比较关心。听到些反映，来了解了解。

老幺说，我看胡二妹对他哥真是尽了心，就对二妹说，我可以让她哥来听电话，但是二妹有空也要来陪我说说话，我是敲锣招呼过几次胡二妹，可我就是让她陪我说说话，没有别的意思。

真的吗，老幺？好像不只是聊聊天儿说说话吧。

老幺脸红了，那天我是多喝了点酒，对二妹动手动脚的，那也是酒兴。我哪敢打歪主意啊，人家是黄花大姑娘。我再也不招呼她了。

我把老幺忽悠得差不多了，说，老幺，我代表杂志社对你给予业余作者胡一哥提供的方便表示感谢，希望你以后一如既往地支持我们文学事业的发展。

老幺紧紧握着我的手，说，谢谢记者领导的鼓励，我一定做好，一定做好。

老幺送我出屋，我又环视了一眼四周的小山村，说，老幺，你的锣一定还招呼你其他村的相好吧？

老幺狡黠地嘿嘿笑了，山里的婆娘，爱到林子里拾点便宜，有时我睁只眼闭只眼，互相帮助，互相帮助。

我走到山脚下时，又听到老幺的锣声——又在招呼哪个相好的吧。我加快了脚步，天已经见黑了。

站着睡觉的马

○利　民

爷爷当年是赶着马车来闯关东的，那两匹马和爷爷的感情极深。

那是一匹白马和一匹红马，真真正正地为我家立下了汗马功劳。儿时我曾仔细地观察过它俩，大大的眼睛，长长的鬃毛，长得甚是威武。那时从没见它们卧倒过，爷爷说马就是站着睡觉的，要是倒下了，就再也站不起来了。听这话时，我幼小的心中忽然涌起一种莫名的悲哀。现在想来，也不明白马到底是肩负着什么样的使命来到这个世界上的。

我常见爷爷骑着那匹红马出去，红马跑起来四蹄生风，大有天地任驰骋的气势。而白马则要安静得多，除了干活儿，就是站在那里一动不动。我曾问过爷爷为什么不骑白马，爷爷说："它倔，不喜欢人骑它。"正因为如此，白马干活儿要比红马多。

白马有一个好处，除了骑它，让它干什么都可以，所以村里人常来借它去帮忙。而红马却恰恰相反，只喜欢别人骑着它四处奔跑，一套上车它就立刻蔫儿了，也不用力拉车。有一次村里的黄叔来借白马，说他家的牛病了，而他要去后山拉石头。爷爷犹豫了一下，还是让他把白马牵走了。可是一直到天快黑了，也没见黄叔把马送回来。爷爷急了，带着我去后山找，在村口遇见了黄叔牵着白马。黄叔对爷爷说："装石头时，山上滚下一块石头正好砸在马背上。我带它去镇上兽医那儿看了，说没什么大事。"爷爷接过缰绳说："没事就好。"我看见白马的背上破了一大块皮，很心疼，便用手摸了一下，白马猛地抽搐了一下，我忙把手缩回来。

那天夜里，一家人睡得正香，忽然被院子里很响的声音惊醒。我们来到院子里，没发现什么异常。我飞快地跑向马棚，只看见红马站在那儿。白马呢？我向地上看，白马已经侧躺在了地上。我忽然想起爷爷说过的话，便带着哭腔喊爷爷。爷爷跑过来，当他看见躺在地上的白马时，忽然脚步变得缓慢而沉重起来。爷爷蹲在白马旁，用手轻轻地抚摩着它。我看见爷爷眼泪掉了下来，我知道白马死了，于是大哭起来。一般人家的马死了都会剥皮卖肉，而爷爷却不让，坚持把白马埋在了我家的南园子里。许多的日子里，爷爷总是站在南园里默默地抽烟。妈妈说，家里的每一匹马死后爷爷都要老上几岁。

那年秋天，红马下了一个小驹，也是白色的，酷似死去的白马。第二年冬天时，小白马已长得和红马差不多高了。没事时我常骑着它去村前的甸子上溜上一大圈。有一次刚下过雪，我骑着小白马在甸子上奔跑，跑着跑着，小白马来了兴致，速度忽然快了起来，我只觉得雪花扑打在脸上麻麻地疼。忽然它一转弯又猛地一减速，我便从马背上向前射了出去。由于雪厚，下面又有一层干草，我并没有摔坏。刚想爬起来，看见小白马没有收住脚依然向我冲过来。我慌了，秋天时它刚钉上马掌钉，要是踩在我身上后果不堪设想。我吓得闭上眼，只觉脸上凉风一闪，睁开眼，它已从我身上跃过去，站在那儿看着我。回去的时候它跑得很慢，像怕再把我摔着一样。

那年夏天的一个傍晚，吃过饭后一家人正坐在院子里纳凉聊天儿，忽然看见红马在马棚里猛烈地拉抻着拴在木栏上的缰绳，像疯了一样。爷爷看了一会儿，叹了口气，过去给它解开缰绳，打开了马棚的木门，红马走出来，直奔南园而去。爷爷把园门打开，它进了园子，站在曾经埋葬白马的地方，用前蹄不停地刨着土。过了一会儿，它仰起头长嘶了一声，便又走回了马棚，静静地站在了那里。爷爷一声不响地回屋了，我看见他的烟袋锅在黑暗中一明一灭。

那天夜里，小白马的嘶声惊醒了我。我来到院子里，看见爷爷正站在马棚那儿。过去一看，红马已躺在了地上。南园里便又埋进了一匹马，爷爷又苍老了许多。后来，爷爷去世了，无声无息的，也是在一个夜里。

再后来，我家搬进了城里，小白马也卖了。那一天我哭了很久，也看见了小白马的眼泪。

十年过去了，不知小白马还在不在，也不知有没有人含泪将它埋葬。一切都不得而知了，只是在寂静的夜里，记忆中的马蹄声会踏碎我一枕的旧梦，让我在醒来时，心中充满了怀念与感伤。

愤怒的原因

〇范芝果

我在闹市区开了家服饰商场，天天都有东西被偷，我不得不亲自去抓贼。头一天，我就盯上了一个行迹十分可疑的妇女，只见她东张西望一阵，突然把一只精美的小皮包塞进了怀里。我立刻拦住了她：“把东西拿出来！”

“我……”妇女的脸一下变成猪肝色，“我没有偷东西。你误……误会我了……”

“误会？人赃俱获，你还想狡辩？”我从她怀里抽出皮包，“走，跟我去派出所！”

这时，围观的人群中钻出一个七八岁的小女孩。小女孩满脸是泪，拉着我含糊不清地说：“阿姨，求求你放了她。她是我的新妈妈，我的好妈妈……”

新妈妈？好妈妈？

我停了手，听母女俩说周详。没等她们说完，我早已被感动得两眼全是泪花。原来，妇女姓赵，是纺织厂的工人，她并不是小女孩的亲妈妈。3 年前，小女孩的双亲死于煤气瓶爆炸事故，她看小女孩可怜，就不顾丈夫的反对和邻居的嘲笑，收养了小女孩。3 年来，她放弃了自己生育的机会，像对待自己的亲生女儿一样，无微不至地关心着小女孩，还挤出微薄的工资让小女孩参加了市里最好的钢琴辅导班。今天，懂事的小女孩无意中听到，妈妈晚上准备简单庆祝一下结婚纪念日。她觉得应该送件礼物给自己的好妈妈，可是，她不好意思向谁要钱。所以，刚才在跟妈妈逛超市的时候，小女孩就顺手偷出了那一只精美的皮包，因为妈妈一直舍不得买一只可心的皮包。

出了商场后，妈妈发现小女孩偷了东西，很是痛心。考虑到小女孩正是成长的时候，让她回商场还东西，可能会遭到辱骂，在心里留下阴影。所以，妈妈就拿了皮包自己来还。她怕解释不清楚，就想偷偷地放回东西了事。然而，她刚想放回去，却看到我正盯着她，出于本能，她又把皮包塞回了怀里，结果被我抓了个正着。

“阿姨，是我犯了错，你骂我打我吧。求求你放了我妈妈，好吗?”看着这对特别的母女，我突然产生了一股从来没有过的感动，忍不住滚出两行热泪。最后，我放走了这对母女，还把皮包送给了她们。

母女俩千恩万谢而去。我正在感伤中难以自拔，突然，一个男人凑过来说，其实那对母女是假的，那个妇女是一个惯偷，而那小女孩，是她从乡下雇来的“托”，专门用来在关键时刻感动人的。

天哪！竟然被人拿自己的同情心耍了一把！悲愤莫名的痛，让我惊呆了。

男人讨好地朝我干笑着，像是还要说点什么。我突然大发雷霆：“请你走开！别再告诉我什么，我不想听!”

男人不解地悻悻而去。他可能永远也弄不明白，我不是心疼那只皮包，也不是计较被人骗了，我在乎的是，在这平淡而琐碎的生活中，极为难得的一次感动，竟然又在瞬间烟消云散了……

兵儿在外

〇聂　鹏

整天只晓得忙忙忙，儿子当兵一年多了，你这个当爹的也不说去看看。又不是隔得天远地远，你开车去，只要三四个小时就到了。珍数落着低头吃饭的希。希是一年到头难得在家吃餐把饭的。但珍类似的唠叨，希还是有意无意听了无数遍。

听得多了，总还是有点印象。希就想，是不是该去看看兵儿了？

儿子走时单瘦孱弱，但从寄回的相片看，成熟结实了许多。当初送儿子当兵，就是想让儿子吃点儿苦受点儿累，以后回家继承事业时有个根基。趁这雨天业务不是很忙，就去看看兵儿吧。

去部队看儿子，也还得做些准备。比如买点儿特产看看领导，给儿子买点儿好吃的等等。听说希要看儿子，兵儿的舅舅过来了。谈着谈着，兵儿的舅舅说："姐夫，你要去看兵儿，这身行头可不行，更不能开车去。"希说："为什么？"兵儿的舅舅讲："你没听说吗？部队这几年也变了。中队干部看你阔气，你请吃饭时就往高级饭店领，你送的礼品他就嫌不高档。你还是穿得破旧一点儿，这样妥当一些。"兵儿的舅舅还讲了些例子。希听得犹疑，珍听着觉得有几分道理。

于是，珍就把多年不穿、也都过时了的几件旧衣裳找出来，随便装扮了一下希。"嗯，不错，不错，一点儿都没有千万富翁的派头了。"希穿上后，对着镜子冲珍做了个鬼脸，"这下你就更放心喽，我这样儿扔垃圾堆里都没人捡。”珍偷着哂笑。

正是七月天，很热，但还得挤公共汽车。希好多年没有这般“享受”了。那身过时的衣裳帮了希的大忙，跟周围人们显得很协调。希一路上的辛苦都被即将见到兵儿的喜悦冲淡了。

到了兵儿所在的市，已是下午四点多钟。买到去兵儿所在县城的汽车票，希的心情愈加急迫。就躲在一边，偷偷地、生怕被人看见似的把手机掏出来，给兵儿所在中队打了一个电话，告诉兵儿自己现在在哪里，问兵儿还要多长时间到。本想上车睡一觉的，发车后，希睡意全无。儿子当兵前的身影像放电影一般浮现在眼前。希想着想着落泪了。原来，自己对儿子关心真的不够。又很庆幸自己做出了看儿子的决定——这次一定好好补偿一下儿子。

到了县城，天已黑了。一下车，就有人喊：“爸爸!”是兵儿扑了过来。希措手不及，手里的东西一下没拎住，落了一地。一个挺拔的武警少尉连忙把东西捡起，面带微笑地看着这对久别重逢的父子。

儿子长高了，结实了许多。兵儿回身介绍：“爸，这是王排长。”王排长向希敬礼，弄得希手足无措。“走吧，一会儿该没车了。”王排长说。希不由自主地说：“先吃饭吧。”王排长说：“算了，中队留着饭呢。”希还想争取，但一看行头，马上同意了。

又乘三轮车，半个小时后来到中队。中队离城区有十多公里，在一个监狱的农场里面。一到中队，中队长、指导员赶着过来打招呼，并与他们共进晚餐。由于等得时间长，菜有些凉，司务长还让炊事员加了两个菜。虽然油水不厚，但菜做得干净爽口，加上气氛好，希吃得很是开心。

晚上睡在中队的接待室。路过俱乐部时看到几十名战士正围着电视看得带劲儿。那电视很旧了，图像尽是雪花，模糊一片，但战士们的笑声一片跟着一片。兵儿问希：“爸，你怎么这身行头？像个破落的万元户。”希就把兵儿的舅舅临行前的话说了一遍。兵儿听得烦躁，打断道：“说什么呢？听他瞎说！他知道什么呀。”

是夜，酷热难当。接待室里没有空调，有台旧电扇。希睡不着，来来回回在房间里走。后来耐不住了，就到楼下边凉快凉快。哨兵发现了他，见是兵儿父亲，亲热地喊了叔叔，还送来了手摇蒲扇。希闲着没事，跟哨兵拉开了家常，说的尽是中队的新鲜事和兵儿的故事。希听得兴奋至极，哨兵说叔叔我该下哨了。希心说一班哨时间好短。

翌日，兵儿请了一天假，陪希看营区风景和县城名胜。希看了营区，到处都很整洁，又看了宿舍，条件虽然不好但干净有序。部队执勤也非常正规，训练时士气高涨，动作勇猛，令希耳目一新。希来自省城，兵儿当兵的县城以前来过，但没有好好看过，那一天看得不亦乐乎。只是感觉身上穿的衣服跟自己以往做派大不相同，非常别扭。还有就是手机老响，都是业务上的事，希狠狠心关机了。

下午回到中队。希想请中队长、指导员在营区旁边的小馆子吃饭，被中队长和指导员一口回绝了。希以为是他们嫌档次低，于是提出到县里请，两人都笑了，拉着希的手去了食堂。

晚上，兵儿把昨天希让他送给中队长、指导员的东西都退回来了，说：“叫你不要搞这一套你偏不信，你这样搞会把领导对我的印象搞坏的。我还想年底入党呢，你这简直是给我添乱。”希听得高兴，当然也觉犹豫。这，这跟自己十多年的商战经验太不吻合了。

熄灯后，他揣着两个红包，来到了指导员的办公室，指导员正在备课。希把来意一讲，表示了感谢，末了儿拿出红包。指导员还很年轻，臊得满脸通红，又不敢高声推让，硬是又塞回到希的兜里，还讲了一些话，都很实在。希见过无数的客套，但指导员的眼神，告诉他那是真的。

他没有再去中队长那里。是夜，希仍然一夜没睡。

第二天天没亮，希就走了。他走了十公里的路到达县城，然后打的直奔省城。

第三天中午，兵儿所在中队来了一辆车，车上装着三台彩电、五台空调。司机说，是一个地方老板赞助的。

其他再不多讲。

英雄形象

〇张　峰

他的脸是在办公楼的那场大火中被毁坏的。大火烧起来的时候，他正从外面办事回来。见火还未烧到自己的办公室，他没犹豫就冲了进去，他要去抢存储着单位机要资料的电脑软盘。他撤出来的时候，火势蔓延过来，楼道里飞蹿的火苗舔伤了他的脸。

从医院回来，他的鼻子歪了，脸上布满了疤痕。单位大张旗鼓地表扬了他的英雄壮举，号召全单位的人向他学习，并决定，按月发给他抚恤金。

他和他的残脸再次出现在办公楼时，受到了空前热烈的欢迎。同事赞佩，领导问寒问暖。大家很快就接受了他的残脸，在大家的眼里，这张脸似乎并不丑。日子长了，大家都觉得，他原本就是这副脸相。很少有人记起他原来长的啥模样了。领导和同事都牵挂着给他张罗对象，尽管有难度，但大家都尽心尽力地去做，大家都觉得这是应该做的。

谈了几个对象，都谈崩了，他心里就生了些想法。他要整容！不光为自己，也让别人看上去舒服些。再说找对象，脸虽然不决定一切，却也是必须考虑的硬件之一，何况两个人要在一起过一辈子。

他悄悄去了北方一家大医院。回来的时候，单位没人认出是他。经过医生妙手回春的植皮和鼻梁再造术，他又成了烧伤前的他，甚至比以前还英俊。那天，他去领抚恤金，人事部的小吴盯着他看了好一阵，才说，是你吗？是你就签字吧。小吴的样子很尴尬，他也就更难堪。同事们也不再对他表示特别的关心了，领导们也不再揽了他的肩膀问长问短。

没有人的时候，他照着镜子，心里隐隐作痛！他意识到他在找回自己的形象的同时，似乎也毁坏了人们心目中的英雄形象。

空　巢

○吴培利

下午，方敏回到了乡村老家。

老家的院门紧锁。母亲用手机和方敏通话，说她和父亲还在集上，天黑才能回来；钥匙就放在老地方，让方敏自己开门进家。

那存放钥匙的地方是厨房北墙上的一个小洞。墙洞口的红砖被摸得发油发暗。方敏从墙洞里摸到钥匙，打开院门。尽管是在冬天，她的汗毛孔还是不由得竖了起来——南屋的门楣上吊着一个比篮球小不了多少的马蜂窝。马蜂们简直欺人太甚，竟然胆大妄为地把巢筑在进进出出的门楣之上。

方敏七岁时被马蜂蜇过，在左眉的上方。瞬间火烧火燎地痛，肿起了一个大疙瘩，一睁眼就能看到。父亲母亲轮番用指头挤，用醋、蒜、酒、万金油擦拭，七八天才消了肿，永久地留下了一个小小的月牙形的疤痕。从那以后，父亲最见不得的就是马蜂，看见了必然拍死无疑。

不知道父亲母亲怎么肯容忍这个蜂巢存在？趁着眼前的冬季，蜂巢是空的，方敏迅速拿起铁锹，把它捅下来，铲成了几瓣。她甚至踮起脚尖儿，用小刀把门楣上蜂巢的残骸一点一点地刮掉。不然，来年的春天，马蜂们还会寻过来，继续锲而不舍地筑上新巢。

破碎的蜂巢无声无息地和一堆垃圾萎在一起。没想到，晚上父亲回来，一眼就看到了蜂巢的碎片。父亲进门时的喜悦忽然淡了，远了，根本忽略了他这个跋山涉水回家省亲的女儿。方敏把给他和母亲买的礼物一样一样拿出来——虎骨酒、羊绒围巾、保暖内衣、棉袜，还有他爱吃的茯苓夹饼、金丝小枣，也没看见他的脸上再露出多少喜色。

吃晚饭的时候，方敏对母亲说，钥匙不要总放在那个墙洞里，不安全。

墙洞里放钥匙的习惯，是这一家人的小秘密。小时候，方敏傍晚放学，一旦家里没人，就会从墙洞里摸出钥匙开门，到厨房打开火，钢精锅里添三瓢半凉水放到炉子上，然后伏在院子的方凳上写作业。水开的时候，她会再向锅里撒三把玉米糁儿，用筷子搅和搅和，敞着锅滚粥。那是多少年前的事了？方敏想：我离开家也有二十年了吧？父亲母亲竟然还将钥匙藏在原来的墙洞里。

母亲说：也不是非要放在那里，还不是担心你回来进不了家？

方敏说：我一年也不见得回来一次嘛。

母亲却说：我们可是做梦都在盼着你哪！

这时，父亲说话了，他说的却是蜂巢。他说：蜂窝是味中药，小敏你怎么可以把它铲了去呢，我们老两口还指望它卖俩钱呢！

为了蜂巢而养马蜂？这理由可太荒诞了。方敏在心里摇了摇头，没有说话。

父亲又说，马蜂安个家可不容易。这个窝，它们做了差不多两个月。起初只有两三只蜂，后来渐渐地多了，就成了一个大家族。

父亲还说，马蜂其实很有灵性，你不惹它，它也不会轻易招惹你。你把它们的窝捅掉了，明年，它们也许就不来了。

母亲也接口说：你不知道啊小敏，它们一家子进进出出的，要多热闹有多热闹。你小时候住家，家里不也是……

一些儿时的光景纷飞而来。那时，一把粉红的牵牛花，几穗籽粒饱满的青麦，几枚橙黄的小香瓜，或者水嫩水嫩的玉米，曾经是父亲母亲每次从田里回来给方敏准备的欢喜。母亲说，方敏是老天爷赐给他们的欢喜，他们也要给方敏好多好多的欢喜。然后，他们扑打着粘在身上的草叶、土星儿，舀水洗脸洗手，扯亮厨房的灯。家在这个时候突然喧腾起来。

父亲没有再说下去，方敏则使劲把头埋进碗里。方敏想：时光是一个贼，它不知不觉地把他们的女儿从身边偷走了。如今，父亲母亲早就改变了从田间给自己寻找礼物的习惯，他们只能为心爱的女儿藏好一把家门的钥匙，随时期待着她的归来。

“晚年的父亲母亲，你们之所以能够容忍一群马蜂，也是在给寂寞和思念寻找寄托吗?”一霎时，方敏的眼里心里噙满泪水。

行囊如纸

○陈　融

夜里11点12分，她登上了去上海的列车。

幽暗的车厢里，旅客们掩饰不住旅途的困倦，去掉伪装，各种睡姿都有。她找到靠窗的一个座位，放下不算小的一只黑色旅行包。没有人注意她。火车缓慢行进，灯光明亮的月台渐渐后退。她不记得，这是自己第几次在深夜坐火车去上海了，只知道这是最后一次。

她和他是一对恋人，如果从高中时算起，该有9年了。他考上了上海一所高校，现在读硕士研究生，即将毕业，读完硕士研究生还要考博士，他的最终理想是出国。而她呢，只读过两年师专，现在是一所普通中学里的语文教师。

她想起读师专时她第一次去上海的情景。他说好了在出站口等她。下了车，她拎着一个重重的包，包里全是他爱吃的东西。跟着人流挤到出站口，她东张西望，好一会儿还看不见他的人影。那是她第一次一个人去大城市。正焦急着，背后伸来的一双大手猛地蒙住了她的眼睛，随即，她被抱了起来，她知道那是他，她兴奋得不知说什么好，只是一个劲地笑。

星期天中午，他的学生宿舍没有人。他们接长长的吻，吻吻停停，一直持续了一个小时，直到人进来，他们才分开。他带她去巴黎的春天。她知道那样一个地方永远不会属于她，但她还是喜欢。它是那么高贵典雅，音乐低得不能再低，迷宫似的走廊让她有种要眩晕的感觉。结果他们什么也没买，他们都没有钱。但她还是喜欢。

他们之间有个约定，将来谁若先有了变数，就不能再持有两人多年的来往信件，必须交给对方保管。9年了，她写给他的信至少在300封以上，加上他写给她的200多封，有500多封了。

第9年，他的信简短并闪烁其词。她是个聪慧的女子。她在最后一封写给他的信上写道：你不必再写信了，什么也不用说。找个时间，我上你那儿去索回旧信，你已不能再保管它们了。

火车抵达上海站时，将近中午11点。她没让他去接，只让他在宿舍等着。她到的时候，他已把信捆扎好了，厚厚的两大摞。见状，她开玩笑地说，你还真守信用呢。他低声道，不是我守信用，是你守信用。随后他又说，一封不少，都在这里了。她把信塞进旅行包里，包顿时鼓起来。

他提出陪她去趟巴黎的春天，她点点头。

在巴黎的春天，她去了一趟卫生间。她惊叹，到底是巴黎的春天，连卫生间都装饰得如此气派。法国香水淡淡弥漫其间，她猛然有了一种要呕吐的感觉。用自来水漱了漱口，她的胃镇定下来。镜子里，她的脸白得有些不真实。

出来，她要去附近的地铁车站坐地铁，然后再坐火车回小镇。在等地铁时，他还是习惯性地将手搭在她肩上，她没有躲开，安静地靠在他身边。地铁“哐哐”开来了，他在她额头上轻轻吻了一下，她又闻到了那股熟悉的气息。有点眩晕。她还看见从他的眼睛里淌出一丝怜惜，她赶紧低下头，她不想让他看见她快要流出泪的眼。

最终，她还是冲他笑了笑，走进地铁。他还在挥手。然后他转身，消失。

她环顾车厢，表情淡漠的人们各怀心事。他们谁都不会注意身边的人，不会相信这只沉重的旅行包，竟会藏着几百封旧信。而她，从一个千里外的小镇赶来，只是为了从一个人手上索回这些信件。

她在想一个问题：这些旧信要用一个怎样的箱子才能保管好呢？

她的脑子里浮现出一幅画面：一天黄昏，她拎着一只疲倦的黑背包，朝一个陌生的男人走去。男子接过她手上的包，从里面取出一封封纸质发黄的旧信，把它们全都锁进一只精致的木箱里。然后当着她的面，他把钥匙从窗口扔出去，他笑着对她说，喏，这是你过去的行囊。你说这种结果对它是不是挺好的？

想到这里时，她突然哑然失笑，怎么像在电影里似的呢！

她把头扭向窗外，然后在车窗上，她看见了一副模糊的面具。

羊的样子

〇杨林静

羊的样子，想起来就让人心疼。

它们始终在安静地咀嚼，无声无息地喝水，吃一根小草也要仔细瞧瞧，上面有没有趴着蚂蚁，以防不小心把它们吃进肚里去。一只羊怀着的，实在是一副菩萨心肠。

如果要选一种动物代表温顺，那么这个“物选”一定非羊莫属。说起来，似乎任何动物都具有一定的攻击性，最起码具有防御意识。本来，天生万物都有存在的合理性，攻击和防御，对任何动物而言都是无可厚非的事。狗急了会跳墙，兔子急了也会咬人，没谁觉得这有什么不正常。但是，羊，却好像完全放弃了上帝赋予它的权利，它们怀着绝对的诚意，想要和这个世界上所有的事物和平共处。你如果踢它一脚，它会以为它碍了你的事，于是不声不响地挪一下地方。

我就这样考验过一只羊，那是一只趴在树荫下休息的羊。我踢它一下，它躲一躲；再踢，它再躲；直到躲到墙根，再也无处可躲，它才抬起头来，无奈地望着我。你无法想象，那一刻，一只羊的眼睛，是怎样震撼了我！此前，我还从没有注意到，一只羊会拥有那样一双温柔美丽的眼睛，因为真诚而清澈，因为善良而透明；并且那只羊的眼睛里竟然蓄着盈盈欲滴的一汪泪水！我在它的眼睛里看到了我：一个七八岁的女孩子，扎着羊角小辫，系着美丽的蝴蝶结，眼睛还没有蒙尘，却有为恶而浑然不觉的懵懂。人之初，性本善。是谁教会了我，欺负一只善良的羊呢？一只羊，就那样泪光盈盈地望着我，不诘问，不退缩，不怨恨，却让我终于流下泪来。

除了这只曾经用泪光盈盈的眼睛望着我的羊，还有好几只羊给我留下了深刻的印象。曾经有一只羊总喜欢跟着我，我走它也走，我停它也停，我望着它，它也望着我，竟然有一种很调皮的意味了。大约它也是个美丽的女孩子吧，在羊群里，它确实是很清秀的一个。可惜我辜负了它的这份友谊，因为那时候，乡下孩子的朋友实在是非常之多，鸡鸭猫狗，好像个个都想和我套近乎。直到很多天不见，我才想起那只把我当朋友的羊，对于它的去向，母亲不愿提及。其实我知道，一只羊的归宿就是走上餐桌。我也知道，直到被盛上餐桌，它们温柔的眼睛还是清澈透明地圆睁着——也只是睁着，并没有怨恨。

一只羊的渺小生存，是谈不上什么命运的，因为注定，再美丽的羊，也是为了成为人们的盘中美味。羊对这个事实从来没有异议，它们从来不像猪，在最后的时刻发出撕心裂肺的嚎啕。安静地奔赴自己既定的命运，这是一只羊保留自己尊严的唯一方式。

离我而去的羊，曾经以不同的形式与我在远离乡村的地方重逢。

“羔羊之皮，素丝五……羔羊之革，素丝五……羔羊之缝，素丝五总”。再美丽的羊皮衣裳，我也是不穿的，它们总让我想起故乡的羊那善良温柔的样子。

“我愿做一只小羊，跟在她身旁，我愿她拿着细细的皮鞭，不断轻轻地打在我身上。”这首歌，总让我觉得是儿时跟在我身边的那只小羊在唱，很清秀的像美丽女孩子的小羊。

我和羊的最美的重逢是在画家的作品里。19 世纪法国画家库尔贝的《村庄少女》、英国画家布朗的《美丽的羔羊》都对羊的样子加以诗意的描绘，美丽的羔羊们和少女、婴孩、温柔的母亲一起表达着生活的宁静祥和。也许，除了羊，没有别的动物更适合表达这样的主题。达·芬奇在《圣母子和圣安娜》中，则把一只可爱的小羊羔放在小基督的怀抱里，让它和圣家族一起享受融融泄泄的天伦之乐。在这样神圣纯洁的场合里，一只美丽的羔羊，它是以天使的身份隆重出席的。羊的善和美，已经达到了“圣”的境界。

仰脸望着小基督，被一片温馨的慈光笼罩着，这是终于让我心生安慰的羊的样子。

今天的战争

○张仁俊　孙家斌

仓库主任陈金桥走出办公室，在垃圾箱旁停住了脚，十几张雪白的复印纸在垃圾箱里十分显眼，陈主任弯腰一看，还有好几支大半截的铅笔："谁这么大方?"他一一捡了起来。

午饭时分，陈主任来到警勤连。由于没和连队打招呼，弄得连长指导员措手不及。副连长要让炊事班加两个菜，被陈主任谢绝了："不用了，一起吃。"吃过饭，陈主任在食堂里一个剩饭剩菜最多的饭桌旁停住了脚步：桌上有两个啃过的馒头，一小堆馒头皮，半碗米饭，几碗油汪汪的剩菜……见此情景，一边的连长指导员脸红到脖子根，连长对副连长说："让二班长跑步到食堂!"

"不用了!"说着，陈主任拿起一个馒头，阴沉着脸，独自离开了勤务连。

第二天的仓库党委扩大会上，陈主任把在垃圾箱捡来的复印纸、铅笔、橡皮和一个雪白的馒头放在会议桌上，说："大家看看，这都是被我们的一些同志扔掉、我随手捡的……"

历时一个月的勤俭节约教育在仓库展开了，警勤连还对几个吃馒头爱揭皮、吃水饺不吃边的干部战士进行了批评教育。汽车连也对几名耗油冒尖的司机开了"小灶"。与此同时，陈主任找到了机关的周干事、顾助理和卫生所的刘医生，切磋了一上午。下午，四人首先来到保管班，让班长带了几个战士来到垃圾箱旁，陈主任说：“给你们一个任务：捡垃圾。垃圾箱和营区凡是能够用的办公用品和其他物品都挑出保管起来，由周干事告诉你们怎么处置。”然后，他们又来到机关警勤连的炊事班，陈主任对班长说：“以后的剩饭剩菜，凡是加工一下还可以吃的，都单独存放起来，如何处置，由顾助理和刘医生具体指导。”

三个月之后的一天深夜，从机关到连队，突然警报声大作，刺耳的鸣响和尖利急促的哨声在一栋栋营房间此起彼伏。“紧急集合！所有人员打背包带武器到操场集合！”“紧急集合？这都什么年代了？仓库兵还紧急集合？”“谁在恶作剧？把我们当新兵了！”“神经病！”

“快！快！带上武器到操场集合！”指挥员的喊叫声清晰而坚定。“是真的紧急集合！赶快找背包带！快！快！”官兵们大脑里蛰伏了很久的警惕和紧张在瞬间被唤醒。15分钟后，随着最后一名指挥员向值班员报告完毕，全仓库所有在位的官兵都背着背包站在操场上。腰间别着手枪、扎着腰带的陈金桥站在了队伍前，用十分严肃的口气说：“同志们，战争爆发了！20分钟前，敌人的一支空降部队悄悄降落在6号地区，上级命令我们配合兄弟部队，立即歼灭这股敌人，我们必须在天亮前到达。现在出发！”

军人的价值往往在战争中才能得到最充分的体现。此时，没有人打听是否真的爆发战争，但每一个人的血都被“战争”两个字点燃了。

队伍渐渐融入夜幕中的大山，不知走了多久，东方渐现鱼肚白，太阳从山那边露出了脸庞，部队到了一个方圆十几里外没有人烟的荒凉山谷。“休息20分钟。”15公里的山路，饥饿、干渴和极度的劳累包抄而来，一些同志一坐下来就不想再走了。然而，命令是无情的，当一声“继续前进”的命令传来，大家又像触电一样站起来，继续前进。“这前不着村后不着店的，我们吃什么？”“我饿得走不动了！”“人是铁饭是钢，饿着肚子怎么打敌人呀！”几个干部战士低声嘀咕，接着，越来越多的人开始喊饿，队伍行进慢了下来，几个战士干脆坐在路边不走了。

这时，陈金桥命令身边的顾助理、刘医生说：“开饭!”

“开饭喽!”大家欢呼起来，几个战士变魔术似的抬出几大筐冒着热气的发糕、面饼、灌肠和几大箱矿泉水，分发给大家，随即是一片狼吞虎咽和有节奏的咀嚼声。几个战士抹着嘴说：“这顿饭怎么这么香啊!”

“同志们，你们知道今天的干粮和灌肠是用什么原料做的吗？就是大家平时的剩饭剩菜，经过高温灭菌消毒烘干重新加工的。剩馒头、米饭、玉米饼做干粮，剩菜做灌肠。同志们，我们平时扔掉的粮食，在战争到来时往往就是战斗力，就是生命！一个小时前，兄弟部队先我们而到，全歼了敌人，所以请大家就地把今天的感受写篇文章，长短不限，标题是：《忧患与节俭——面对今天的战争》。现在就写!”

“没有笔没有纸怎么写？”有人问。“周干事，发纸笔。”陈主任说。周干事又像变魔术似的搬来一个大纸盒，里面有长短不一、新旧都有的铅笔、圆珠笔、签字笔等等，又拿出一沓白纸和小刀、橡皮等发给大家。“同志们，这些纸、笔和文具，都是大家扔进垃圾箱，我们又捡回来的。也让它们在‘战争’中发挥作用吧!”人群沉默了。随即，是伏在背包上沙沙的写字声，如同在进行一场考试。

小罗两口子

○张先丰

十多年前，发生在我们师范学校的一件事，至今仍在人们的记忆里。

当年学校里有个老罗，老罗烧锅炉。烧了一辈子，后来干不动了，就传给儿子小罗。

小罗二十五六岁，是个好脾气。家属区哪位老师家里需要扛个煤气罐、米袋子，或者是疏通下水道等脏活儿，招呼小罗一声，他立马就会跟你走。谁的自行车坏了，扔小罗门口，告诉一声，回头再骑保准已给修好了。而且，所有这些事，你都不用跟他客气一声，否则他会不高兴。大家也早已把他当成了自家人。

小罗老家在外省一个偏远山区，那里至今还没通汽车，非常穷。农闲时分，他老婆就带着孩子，来学校住一段时间。

小罗的老婆叫奚云，生得细皮嫩肉，文文静静，走在大街上像个城里女子，不像山旮旯里的村妇。奚云会剪纸，堪称绝活儿，剪得活灵活现令人称奇，而且有求必应。当年许多老师家的窗玻璃上，都贴着她的作品。奚云还会做农村小孩常穿的那种虎头鞋，很精致。曾做了一双，送给叶萍老师的儿子。奚云没念过书，但非常敬重念过书的人，那时还没有饮水机，奚云就经常帮小罗，往各个办公室给老师们送开水。可惜，奚云在学校待的时间总是很短。

有一天，食堂里的和面机坏了，大师傅老孙扎煞着两只面手，来叫小罗——上次就是小罗帮忙修好的。小罗洗干净手，就跟老孙去了。谁也没想到竟出了乱子。和面机漏电，小罗被强电流击倒，脑袋重重地撞在一个硬物上，立即不省人事。

由于小罗不是在自己的工作岗位上出的事，所以就没评上工伤，只赔偿了很少一点钱。从老家赶来的奚云和老罗，没有找领导吵闹，异常平静地接受了这个残酷的现实。小罗是临时工，医疗费不能报销，奚云四处举债为小罗治病。一个月后，小罗虽闯过了死神关，却从此落下了间歇性意识模糊的毛病。

锅炉当然没法再烧了。奚云到学校收拾小罗的衣物，准备回老家去。奚云的儿子已经四岁了，跟在奚云后头跑进跑出，觉得很好玩，“咯咯”地笑。学校的老师看到这娘儿俩，都禁不住伤心。其中叶萍老师哭了起来。

叶萍回家收拾了一些自己和孩子的衣服，送给奚云。

奚云告别老师们，带着儿子和老罗一道，护送着小罗回老家去了。

然而只几天工夫，奚云又单身一人从一千多里外的山村回到了学校。

奚云到家属区找到叶萍，说：“小叶老师，你上次送我的衣服，里面有 500 块钱，一定是你忘了拿出来。我怕你着急，就赶着给你送来了。”

叶萍老师听了慌张起来：“不……不会吧……哦，我想起来了，是这么回事，那是小罗最后一个月的工资，校长让我转交的，我忘了告诉你。”

奚云不信，说：“小罗每月 450 元，怎么多发了 50 元？”

叶萍无法自圆其说，只一口咬定是校长让给的，不信可以去问校长。

奚云拿着 500 块钱，去问校长。

奚云一走，叶萍就马上给校长打电话。无奈总是占线，怎么都拨不通，叶萍急出一身汗。

奚云找到了校长。

校长听完奚云的讲述，说：“叶老师说的是真的，那 50 元是当月的奖金。”稍一沉吟，又说：“你这次来得真巧，我正有事要找你。前几个月，锅炉房买煤，当时学校钱紧张，小罗垫资1000元，发票早已交给我，还没等给他报，他就出了事。你今天就把钱捎走吧。”

校长从口袋里数出钱，交给奚云，并打开抽屉，向她展示了一张发票。

奚云不识字。

奚云突然泪流满面，不再说一句话，捏着钱朝校长深深地鞠了一躬，然后就离开了办公室。

许多年过去了，那些老师们还经常谈起奚云的事。

小镇上海人

○张伟怡

阿拉是1960年戴顶右派帽子来到小镇的。他的祖父年轻时从小镇到上海滩讨生活，孙子阿拉从上海回老家改造，岁月又一个轮回。

那时的阿拉三十出头，细皮嫩肉，高个子，留着背头，穿身细格子培罗蒙西装，三接头皮鞋，虽然神态沉郁，但时尚衣着在小镇上很抢眼。小镇人听他一口“阿拉”长“阿拉”短的招牌话，日后便以“阿拉”称呼他。

居委会分配阿拉做活儿曾犯过难。阿拉打扫厕所，担着半桶水走一步晃三晃，裤子湿半截儿；做扫街的活儿，划拉半人多高的竹柄扫帚像画花；当茶馆伙计，铜水壶续水颤悠悠常烫伤茶客手脚。茶馆主任老根不看阿拉笑话，念着上辈与阿拉家的交情，安排他做收钱算账的活儿。茶客们嚼山海经，扯到袁世凯当了几天皇帝，慈禧的墓被谁挖开，每每争执不下，阿拉咕哝一声就见分晓。阿拉的住屋放一只“三五”牌台钟，除了“当当当”的报时声，还传出梅雨般缠绵的小提琴曲。阿拉纤长的手指在“百灵”牌小提琴弦上跳跃的姿势以及眼角渐渐流出的眼泪，引来许多人看稀奇。阿拉的才情让系着黑围裙、蓬着一头乱发的老根和伙计们很长面子，他们说：那个上海人啊，文绉绉像个说书先生！

茶客们带些鲜活鱼虾蟹鳖到镇上卖，换几个茶钱。阿拉近水楼台先得月，隔三差五买来饱口福。阿拉会耐着性子，将十月蟹蒸熟后剔出蟹肉，拌豆腐裹馄饨吃。热汤中捞起的馄饨透出白生生蟹肉馅，清汤上飘着白花花的猪板油、生青碧绿的蒜花，香气扑鼻，鲜美无比。阿拉一个月28元工资，吃喝加两天一包前门烟，前吃后空，到处借款赊账。有一次，阿拉几天没到茶馆来，狐疑的老根寻上门去看究竟，只见阿拉有气无力躺在床上。追问之下才知道，阿拉因手头短缺，又借不到钱，已断顿好几天。老根跺脚骂道：你个馋鬼！贪吃图快活，过个有袜筒没底的烂日子。

阿拉肺不好，时不时气急咳嗽，黄梅阴雨天发病频繁，难为茶馆几个老伙计，轮流着端热汤热水，还寻来秘方，借着热炉灶，熬胎盘汤给阿拉补身子。镇上人家日子紧巴，但有红白喜事，总会让小孩子去叫阿拉吃一杯酒；四时六节，谁家包了粽子，蒸了黄松糕，腌了咸蛋、雪里蕻，也会让小孩子送一点，给阿拉尝尝。小镇人知道阿拉与妻子断了关系，病病歪歪一人生活，不容易！

总有十个寒暑吧，镇上有过大大小小的政治运动，阿拉曾剃着阴阳头，颈项上挂着小学校课堂黑板，踉跄着步子游街，接受批斗，苍白的脸上淌着绿豆般的汗珠。茶馆老根不住叹气，寻个生“痨”病的借口，把阿拉保护起来。在小镇人排演京剧《沙家浜》时，阿拉去教戏，吴传魁、刁德一、阿庆嫂的唱词，连五音不全的老根也能哼哼几句。阿拉培罗蒙西装已穿得皱巴巴，沾着茶垢脏兮兮，清瘦的脸上胡子拉碴，但阿拉腹中纵贯古今的故事，带给夏夜纳凉的孩子们一个个五彩斑斓的梦。

20世纪80年代初，阿拉被一辆轿车接回上海。后来，小镇人开始办乡镇企业，镇服装厂从为上海厂子贴牌加工到自主生产，规模不断扩大。圈内人士讲，这得益于上海一位服装名师的关照，那人曾下放到过小镇，茶馆老根和左邻右舍给过他很多恩惠。

冬日的黄昏

〇伍忠余

冬日的一个下午，两个老头儿在院子里晒太阳，偶尔抿一口茶，默默地度日。

突然老李说：老刘，请你说点啥子嘛！

老刘说：还是你说。

老李说：你说！

老刘说：你说！

老李说：我说完了，没有说的了！

老刘说：我还不是说完了。有的都说了千万遍了。

老李说：总之我比你说得多！今天下午该你说。

老刘说：我没有说的了嘛！

老李说：那么你编起来说嘛！

老刘说：我又不是作家，我编不来！

老李说：反正今天该你说点啥子。胡言乱语都可以！

老刘说：我不胡言乱语！不说。其实不说还好些。古人说，屁多没有病，话多没有命！

老李问：你的意思，我话比你多些，就没有你的命好、命长？

老刘说：我不是那个意思。

老李问：不是那个意思，是啥子意思？

老刘说：你要怪，你去怪古人。古人就那么说的。

老李急了，“啪”的一声把自己的紫砂壶摔到地上，“啪”的一声又把老刘的盖碗茶杯摔到地上。同时说：难道我过去多说了那么多话，还拐了？这么多年来，全靠我的话打发日子。老子没有功劳也有苦劳嘛！

老刘说：你这几天吃了呛药呀？以前不是也有许多天只是晒太阳，不说话的时候吗？这下有话说了！你得赔我的盖碗茶杯！

老李说：赔？陪你坐一阵！我天天都在陪你。我的紫砂壶比你的值钱。你赔我的紫砂壶嘛！

老刘说：我又没有故意打烂你的紫砂壶。反正你得赔我！不赔我要找居委会，找民警！

老李想了想，说：好。你等着我。老子买一万个盖碗茶杯都买得起！赔了你的茶杯，我们就分道扬镳。我明天就到公园里去，去找个文化素质高的又喜欢说话的老头子。

老刘说：好。我明天也去找个文化素质高的又喜欢说话的老太婆！

老李说着就要走，老刘把他叫住了，说：你把我的茶杯盖捡着，拿去比着买哈。我看惯了这个样子的茶杯，别的花纹和样式的，我不要！老李回过头，狠狠地瞪了老刘一眼，走回来，弯腰捡起他摔烂了的茶杯盖，慢慢地走了。走到快出院门的时候，他回过头来说：你别走啊，我懒得送到你那个乱七八糟的屋里去！

夕阳把一百多米长的西街街面照得亮晃晃的时候，交警在西街口处理一起车祸。死者是一个老头儿，他闯红灯被一辆小车挂倒，让后面的大车碾死了。死者身上有一纸条，上写：幸福院三栋403号李二根。还有电话。可是电话没有人接。他们就通知派出所和居委会。一查，是一个孤老头。民警和居委会干部就到幸福院里来调查。

老刘还坐在夕阳下假寐。他们就问老刘，晓得李二根不？老刘说晓得，我们刚刚还在这里喝茶哩。他们就说：李二根以后不跟你一起喝茶了！老刘说：我晓得！他们就都觉得奇怪，问：你晓得？你晓得他出了车祸？老刘一下子弹了起来，反问道：啥子车祸？

他们就把那张纸条拿给老刘看。老刘说：是老李的笔迹，是写的他自己的门牌和电话。他们就去撬开老李的门，去查他的儿孙的电话。可是把电话号码簿上的几十个号码都打了，也没有找到他的儿孙。老刘急了，说：听说他有儿子、孙子的嘛。说了又将信将疑起来，想了想又说：至少他有个孙子，前年的时候听老李说过，还问老李要钱买房子哩。可惜不晓得在哪个城市？他们就又一一再打那些电话号码，同时问知道老李的儿孙不。

派出所的民警打电话的时候，居委会的干部们就认真地清理登记起老李的家具财产来。

没有过多久，从门外闯进一个人来。啪啪！把一个紫砂壶、一个盖碗茶杯摔在屋里的地板上，骂道：狗日的刘老头！你带起人在我屋里翻箱倒柜地干啥子？我说了赔你茶杯的，你是不是想偷我的存款？

老李说着说着，突然看见了警察，就惊呆了。

老刘怔了一下，怯怯地问：你、你、你没有出车祸啊？

你盼望我出车祸，想霸占我的财产啊？老李反问道。

居委会的干部和民警们就轻松地笑了。笑过以后就问他那纸条是怎么回事。老李手抖抖地接过纸条，看着看着就哭了起来。大家都制止不了，就只好把他扶到沙发上坐下，耐心地等着。

好久一阵过去，终于等到他不哭了。只听他说：那是我乡下的哥哥李大根啊。他和我一样，老婆、儿子、儿媳也死了。几年前就想来投靠我，直到前几天他在他们村长家打电话，说得哭，说自己挑不动井水了，要饿死、渴死人了。我才答应他来的啊。

老李接着说：还得麻烦你们帮我登寻人启事，哥哥他有个孙女，但是不知道在哪一方啊？

大家听后，屋子里的人都沉默了。

这时候，夕阳最后的光芒从窗口的上部照进屋里，又从墙壁和家具上反射到警察、居委会干部以及老刘、老李他们一屋子人的脸上。那场面，看起来竟很像一幅极具悲壮味道的油画。

“小巴掌”

○王拉寿

在学校，他一直都是他那个圈子里的灵魂人物。所以那次，他的一个哥们儿搞同乡会，他硬是被拉去参加。那场聚会很没意思，几个木讷的男生和几个内向的女生，场面难免有些沉闷。于是，大家提议去看电影。

影院里正放着《半生缘》。因为约好晚上和女友见面，他有些心不在焉。他只惦记着回去后，给女友打个电话表示一下歉意。

影片快结束时，他如释重负地站起来想往外走，但邻座的女孩却像雕塑一般没有动的意思。这时正好一束蓝光打过来，他怔住了：他看到女孩哭泣的脸。他不禁转过头向银幕看去，影片结尾，历尽沧桑的男女主人公相拥在一起，好像他们半生的缘分在无声相拥中得到了最深刻的诠释。那一刻，他好像也被感动了。他没有惊动女孩，而是从另一个方向走了出去。

地上已落了一层薄薄的雪，他裹紧了大衣，眼前不时浮现出女孩哭泣的脸。他想，女生都爱哭，但像女孩这样投入的还真是少见。伙伴们陆续走出影院，最后出来的竟是那个邻座的女孩。他很惊讶，女孩是和他一起来的。

他们一行浩浩荡荡地往回走。他注意到女孩的样子有些恍惚，好像还沉浸在电影里。可是快到学校的时候，这个一路沉默的女孩突然大声地说：“哎呀，我的‘小巴掌’不见了，这可怎么办呢?”

“小巴掌”是什么？他觉得很奇怪。好像要回答他似的，女孩又急急地说：“我的手套不见了，可能是忘在影院里了。”

大家七嘴八舌地说：“已经走出这么远了，等明天再去吧。要不，再买一副。”

“哎呀，好冷。快走吧，寝室要关门了。”

确实，这么晚了，一副手套在这种情况下实在不算什么。大家继续往前走。

他一直沉默着，可看女孩闷闷不乐的样子，他觉得有必要安慰她一下。他走到她身边问：“你……没什么吧？”

她看了他一眼，勉强地笑了一下说：“那副手套是父亲给我买的，很可爱，像小巴掌一样。其实……也没什么，只是觉得丢了蛮可惜的。”

他被女孩细腻的柔情感动了，不由停下脚步对她说：“这样吧，我陪你回去找找看。现在影院都是循环场，未必关门。”她很感激地对他说：“谢谢，不用了。太晚了，咱们快走吧。”

第二天是周末，他打电话约女友出来，费尽口舌才让女友的脸色由阴转晴。后来，他和女友到头天去过的影院看电影。影院里播放的依然是《半生缘》，他想起那个哭泣的女孩，还有她的“小巴掌”。

于是，他从口袋里摸出打火机。在女孩坐过的座位底下，他找到了那副手套。当他兴奋地把手套揣进怀里时，觉得这真是一个奇迹。

他一直没有好好看电影，直到影片快结束时，他才被最后几个镜头吸引住了——世钧打着手电筒，在小树林里寻找白天照相时曼桢不小心丢在那儿的手套，那是曼桢心爱的东西。世钧找得很仔细，终于在草丛中发现了它们。望着手套，世钧不禁微笑起来……看到这里，他心里忽然有种异样的感觉。他决定当面把手套还给女孩。

女孩和男朋友一起来了，两个人很亲密的样子。他看到女孩戴着一副和“小巴掌”一模一样的手套，随口问了一句：“你又买了一副手套啊？”

“不，这就是我的‘小巴掌’。失而复得，是他帮我找回来的。”女孩指着男朋友有点不好意思地说。他看着女孩一脸幸福的表情，感到非常困惑。

回去后，他把“小巴掌”放到柜子里，就像尘封一段永远不想触及的往事。他安慰着自己——那只是一个美丽的误会。

转眼间，两年时间过去了，他马上要毕业了。两年中，发生了许多事，包括他和女友分手。他得知，那个女孩也和男朋友分手了。

在一次醉酒后，女孩的男朋友向她承认，他给女孩的是另一副手套，他买的。女孩知道男朋友善意的欺骗后，却一直没有说破。后来，男朋友终究无法得到女孩的心，就像任何一副手套都无法代替“小巴掌”一样。

毕业离开校园那天，他托人把“小巴掌”还给了女孩。然后，他一身轻松地背着行囊踏上了即将远去的火车。火车开启的一刹那，他仿佛看到一个女孩在向他挥手告别，手里挥舞着“小巴掌”。

眼前的情景，似梦似幻。一时间，他百感交集，有凉凉的东西沿着他的脸颊滑下来。有件事他一直不愿意承认：其实，他和世钧一样傻。

同桌的你

○顾德法

阿龙这两天特别兴奋——不，可以说是亢奋。作啥？原来，上个月，二十多年不见的小学同学，发了一个大兴，在景色秀美的茅家埠开了一个同学会。同学会上，阿龙见到了曾经问他借“半块橡皮”的“同桌的你”——阿珠。

二十多年的岁月，弹指一挥间。阿龙万万没有想到，昔日毫不起眼，甚至有点邋遢，老是被他欺负的黄毛丫头阿珠，非但没有被岁月做成“柏油桶”，反而是亭亭玉立、楚楚动人，快“奔四”的人了，一点不像半老徐娘，倒像一个大姐姐。

同学会上真是热闹啊！回忆、取笑、唱歌、打闹，大家还逼阿龙和阿珠喝“交杯酒”。大家笑成一团，仿佛回到了无忧无虑的少年时代，一个个都忘了自己是做爹做娘的人了，闹翻了天。

让阿龙意外的是，阿珠似乎对他十分关心，不断问长问短。分手后，频频发来短信。比如“阿龙，你是一个成功的男人。但我发现你有小肚腩了，要注意锻炼哟！”“生命诚可贵，健康价更高。”等等。让阿龙感动不已。

更意外的，前几天，阿珠居然电话约他单独喝茶。语调之温柔、语言之缠绵，令阿龙心猿意马，浮想联翩。阿龙真是激动啊，平时晚上三杯浓茶都呼呼大睡的他，居然一个晚上辗转难眠。第二天一早，阿龙便作了精心修饰：染黑发、修面孔、扎领带、擦皮鞋等。不过，无论他再怎么吸气，再怎么努力，小肚子还是不争气地挺了出来。阿龙长长叹了一口气，一时间，真想立马赶到整形医院去做抽脂美容手术。

果然，在茶楼里，阿珠对他的小肚子大加挞伐。听她那口气，男人有小肚子似乎是万恶之首。这让阿龙羞愧交加，无地自容。

最后，阿珠介绍了自己瘦身的经验——用跑步机。

在阿珠的强力推荐下，阿龙花了6200块钱，在一家专卖店买了一台“碌尔”牌跑步机，天天早晚在家锻炼。因为阿珠说了，一个月后要检查他的腰围。

前天，阿龙给另一个男同学大头打电话。大头老婆说他正忙着呢！在跑步机上跑步呢！阿龙听了心里“咯噔”了一下。

于是，起了疑心的阿龙作了一个调查。调查结果令阿龙哭笑不得。阿龙发现：那天参加同学会的号称“18棵青松”的18个男生，有13棵“胖青松”，在最近几天都买了跑步机，而且都是同一家专卖店，同一个牌子——“碌尔”牌。

民工回家

○曾　颖

年底，在报社组织的一场“帮助民工讨工钱”活动中，民工陈二终于拿到了被拖欠了3年的工钱。3年前，他和一个老头儿被人请去守一座烂尾楼，说好260元一个月，但一直没兑现。当他从报社记者手中接过那沓厚厚的人民币时，竟突然有一种中了大彩的兴奋，尽管他知道那笔钱本来就应该属于他。

在向报社领导们鞠躬并对摄像机和照相机说了无数声感谢之后，他决定回家。因为讨工钱惹恼了建筑方的领导，明年开春烂尾楼显然是守不成了。

第二天，陈二裤裆里藏着7000多元钱，腰上挂个铁锅，背上背着山一样的大包裹，带着十几个馒头晃晃悠悠地上路了。天下着小雪，每走一步，腰上的锅都会“当”地发出一声清脆的响声。

在训斥和责骂声中，陈二坐公交车来到火车站广场。今年，和他一样想早早回家的人似乎很多，他扛着大包排在队列的最后。几个小时后，他终于拿到了写着家乡名字的一张车票。其间，他吃了3个馒头，拒绝了十几个票贩子，还忙里偷闲往地上吐了一口唾沫。一个胖老太太拿着罚单要罚他5元钱，吓得他几乎哭出声来。

在车站又待了10个小时，他又吃了4个馒头。大厅里暖暖的空气让他的眼皮想往一处合，他掐了自己的大腿，坚定地把瞌睡虫撵走了。

上车后，背包和锅让他吃了很多苦头。在另几个后生的帮助下，他终于坐到了属于他的硬座位上，与他同座的是几个青年民工。小后生们花钱大手大脚，凡列车上卖饭卖酒，一律是来者不拒。这让陈二感觉有点儿恐慌，总觉得自己是一只钻进狼群的小羊。小后生们请他喝啤酒，他不喝，怕遭蒙汗药；给他递烟，他也不抽，害怕遭迷烟。拉家常时，他尽量多听少说。偶尔迫不得已要发言，也只是面红耳赤地大骂包工头太狠欠工钱不还，让他在城里待了三年也没挣到一分钱，还欠下一大笔账。他不是个善于撒谎的人，每当说到此时就会脸红。

又过了两天，消耗馒头 8 个，家突然离得很近了。在他下车的时候听见前面几节车厢里传来新闻：一个老年民工因为恐惧而精神失常，把包里的钱一张一张地发给车上的旅客。而另一车厢里的乘客就没这么幸运，他们被一个突然精神失常亮出刀来要砍人的青年民工吓得半死。

从县上到乡里，拖拉机要走 3 个小时。从乡里到家还有两三个小时的山路。陈二摸摸怀里还剩最后一个馒头，算一算一路所花的钱，决定自己走回去。

此时已是晚上 10 点多，他背着大包走在通往家乡的那条山道上。一下子，这条走了 30 多年的路使他感觉非常亲切。他张大嘴吸了一大口新鲜空气，突然有一种想唱歌的冲动。

他发现，已经远离他 3 年之久的唱歌功能正在恢复。他的歌声和腰上的锅发出的脆响在山谷里传得很远，他很久没有见过的星星了，它们像顽皮小孩的眼睛一样闪啊闪……

离家最后半小时的路他几乎是以冲刺的速度跑回去的。这是经过了上千公里的跋涉之后的最后冲刺。在黑夜中，他似乎看到了那个被他叫做花花的女人对他含羞一笑，正坐在残破但还算温暖的炕上，他那不知已长成什么样的儿子开始很是惊恐，后来甜美地叫了他一声爹。

小院里那棵脱光了叶子的老银杏树已出现在眼前。他知道，那树下就有他想要的一切。他三步并作两步往前走，腰上的锅像快节奏的小锣。

但就在他举手拍门的时候，突然又凝住了。他突然想起烂尾楼里那几个拾破烂的人给他讲的故事，说很多打工仔急急忙忙跑回家，想给老婆一个惊喜，结果摸上炕发现多了一双男人的腿。他害怕这样的场面出现。虽然他知道自己3年没音信，女人在家没个帮手也确实难过，但他还是怕。

他的手凝在半空中。他发现一路累出的大汗正在变成冷汗。他定了定神，觉得自己的想法有点儿好笑，于是决定敲门。

就在他敲门的时候，他发现门被一把大铁锁锁着，锁上面已是锈迹斑斑。

陈二其实并不知道，在他离开家的第二年，妻就把田租给别人，带上孩子出去打工了。

邻居吴老二说，再过几天就是春节了，那时，兴许他们能回来！

你一定是年老色衰了

○郭正佩

我告诉大家一个故事，估计很少有人相信。

话说初抵日本工作第一天，我带了重达一百多公斤的行李。其中有很大一部分是书，还有接下来一年生活所需的物品。因为没有太多现金及一时不察，决定坐便宜普通电车慢慢晃到未来工作所在地。

东京地铁盘根错节，“你要到青砥车站转车。”未来的主管写信告知，问题是当时我并不知道“青砥”这两个汉字如何发音。

“可以告诉我往横须贺该怎么坐吗?”我试图询问面前摆着巨大“案内”字样的小姐。很快就发现，她对东京地铁网连接的熟悉度不见得比我多到哪里。一番折腾之后总算坐上驶往青砥的浅草线。

七个小时的转车记，大约就是这么开始的。

首先因为没能听懂站名，我望着大大的“青砥”两字从关上的车门窗中滑过。电车缓缓加速，只能期待下一站有手扶梯。所幸接下来转车之处皆在同一月台，事情并不怎么难办。

厄运直到在某站转错方向开始——我必须爬上一层阶梯，再爬下一层阶梯到对面的月台才得以返回正确方向。这本来不是件难事，但若一个人手边有三大件行李外加几小件随身物，事情就不好办了。四处张望确认这个月台并没有任何升降梯或电扶梯之后，发现阶梯旁有为残障人士准备的滑行台。感谢上帝。

“先生，我的行李很重，可以使用这个滑行台吗?”我看见一位身穿地铁制服的男士。

“不，不能。”这位先生快速地将双手在面前交叉出一个大×，然后鞠躬道歉离开。

好，只能自食其力。把两个箱子放在底层，使劲拖起另一个皮箱，以一次一个台阶的方式缓缓往上方移动。人潮匆匆从身旁穿过，每爬两三级台阶，我就必须休息喘气。

“我来帮你吧!”突然响起犹如天降甘霖的声音，抬起头，竟是个高瘦漂亮的长发女孩。

“你打哪儿来?台湾是吧?”女孩来自山西，已在东京多年。看她不见得比我强壮多少，实在不好意思请一位纤纤女子帮这个忙。但当时，别无其他选择。

就这样，我们一拉一推，一阶一阶地完成把三个大皮箱移上阶梯的任务。接下来轻松一些，这位山西女孩再度和我一块儿把三个大皮箱依次移到正确的月台。虽然只用两行描述，这样的动作却花了两人约四十五分钟才完成。时间逐渐接近下班高峰，提着公事包的上班族鱼贯经过，每一个人都十万火急似的，侧身从被我俩占据大半的楼梯间匆匆穿过。

“没有任何人停下来帮助你们吗?”朋友听了觉得难以置信。

“真的没有。”我委屈地抱怨。

“哎呀，我看你一定是年老色衰，不比当年了。”大学同窗的男性好友调侃我。

那天再度拖着沉重行李从成田机场回东京的住处。在晚上转车，还是没有电梯。哀怨着搬行李下楼的同时，我早已习惯在东京一切得靠自己。不期然地，久违的“我来帮你吧!”这句话在耳朵旁响起，而且说的是日文!

我抬起头，看到的竟是一位满脸皱纹的白发日本老婆婆，再三推辞之后她仍坚持帮忙。提着公事包的上班族依旧鱼贯经过，每一个人都十万火急似的，侧身匆匆穿过。我和老婆婆一起把行李箱搬下楼梯。她大概也不是从东京来的吧，还是因为同病相怜？

下次，在地铁站看见年老色衰的女性需要帮助时，我一定挺身而出！

田小小

○阿　成

田小小是中学语文教员，很温柔的一个姑娘，人也很自信。

田小小老师讲课的声调类似舞台腔，脸上表情很动人。

“阿成，你站起来!”

阿成便从课桌后软软地站起来。

“老师的脸是书呀?”

“不是。”

“坐下！眼睛用在课文上。”

阿成便坐下，眼睛随着课文上的内容一行一行地走。这一课的内容是《学弈》，讲古人学下围棋的事，很无聊。

田小小老师说：“‘其一人专心致志，唯弈秋之为听;’另一个人呢，‘……虽听之，一心以为有鸿鹄将至，思援弓缴而射之。’”

田小小老师瞥了阿成一眼，笑着说：“这就像阿成同学一样呀，人坐在课堂上，但心却跑了。”

学生们都笑了起来。

阿成也笑。阿成的语文成绩太惨。成绩到了家里，面对代替亡父职责的四哥，阿成总要付出血的代价。

田小小老师在阿成同学的心中酷似菩萨，只要打开语文书，一个童话般的王国便出现了。

田小小老师是一个诱惑。学校二十多位未婚的男性教员，都在追田小小。

单说化学老师。

化学老师姓季，他的动作、语态、写板书、生气、白眼儿训斥学生，很女性化。他的绰号叫“季二小姐”。

季二小姐在校园里从来是歪着脸、挑着头颅走路，进入他眼睛里的总有叫他讨厌的地方。

田小小见季二小姐夹着课本、教案，那样大嫂似的扭扭走过来，就忍不住弯下腰去笑一遍。

季二小姐深爱着田小小，频频使用那样的眼神儿，也花一句鸟一句地给田小小写过情诗。

见了田小小，季二小姐停下来，闪烁着眼光说：“田老师，舞票看到了吗？在你办公桌上。青年宫的。”

田小小锋利地看了季二小姐一眼说：“一辈子也没空！”说完，便走了。没走几步，她又弯下腰笑了一遍。

季二小姐的脸上好一阵地奇怪。

阿成同学见了，缩起脖子格格地笑。

“你过来！”季二小姐吼了起来。

阿成左荡一脚右荡一脚地蹭过来，停下。

“笑啥？笑啥笑啥笑啥？说呀！说呀说呀说呀！哑巴啦！？”

阿成同学不吱声了。

“阿成同学，我很讨厌你，讨厌你！你知道不？”

阿成仍不吱声。

“坏学生！”季二小姐走了。

阿成被扔在了操场上。

树上的鸟叫起来了，阿成拾起一块石头，瞄了瞄，击鸟。

田小小老师的交际舞跳得很有风度，像个皇后，而且跳得很浪漫。阿成的四哥是个有名的“舞痞子”，常在青年宫的舞池里翩翩起舞。四哥的舞步玩得很油，很外国人，也很轻佻、顽皮。很奇怪很奇怪，许多年轻的姑娘都喜欢同四哥跳一曲。

田小小老师很喜欢四哥的舞步，四哥似乎也很喜欢田小小。四哥同她共舞时总有几个特别的花步。

阿成听四哥如此地一说，惊了脸：“四哥，你真的跟我们田老师跳过舞?”

四哥不屑了，又渐渐凶了眼睛，喝道：“你他妈的，上课不注意听讲，画太白金星，是不是!? 我供你上学的钱是大风呼一下刮来的吗? 你身上的血多了，要放放血是不是!?”

阿成敛了声，心里却在一千遍一万遍地祈祷：田老师田老师，千万别跟我四哥，四哥手黑，打人不到快断气不停手的。求求太白金星，您使个法术吧，把他们弄开吧。

四哥在一家街道工厂上班，是个电工，长得像哥萨克，一脸的聪明。不过，他太好酸脸子，一句话不入心，变脸了。母亲指着四哥的鼻子咬牙切齿地骂他：“狼! 白眼儿狼!”

四哥常和田小小老师在舞池里那样神神鬼鬼、眼睛一闭一睁地跳。

阿成很讨厌那些跳舞的，男的，女的，什么东西!

四哥回到家便问阿成：

“老六，听说你们学校有个季二小姐?”

“对。男的。”

“像女的?”

“不像! 造谣!”

“不像? 怪了怪了怪了。田小小说像的呀。”

“幽默! 他们是对象。”

“放屁！胡说什么！小狗屎！还幽默，你懂幽默是什么意思！”

“真的。一次放学，我们几个同学留下补课，他们俩就在后一排笑，不值笑的也笑。我们补完课，他们一块儿走的。”

四哥哈下腰，使劲地观察阿成。

“我说的是真的。你是我亲四哥嘛。”

“对！对对对对对。”四哥猛醒了，“我差点让这个女妖精玩儿了。”

“四哥，你别说是我说的，不然，我……”

“明白明白明白。”四哥说着狠了眼光，自语一句，“明天见！”

三天过去，田小小老师的脸变得青白。下了课，说：“阿成同学，你留一下。”

阿成便留下了。

教室空了，只有两个人。

田小小老师坐在学生的椅子上，阿成站着。

“阿成，”田小小老师说，“你有个四哥，是吧？”

“对。叫王永成。永远的永。工人。”

“哦。”田小小老师青白着脸笑了，“你四哥的脾气——是不是，不好呀？”

“好。他女朋友到我家来，他的脸可亮啦，总是嘻嘻地笑。”

“女朋友！？”田小小老师听了很失态。

“我四哥都23了。”

“你四哥的女朋友叫什么？”

“叫——好像叫方雨霏，说是一个中学校长的女儿。”

“方——雨——霏。校长的女——儿？”

“是个阔小姐。”

田小小老师站起来，自语道：“恶人哪！”

“老师，没事，我走了？”

“好，你走吧！”

阿成回家吃饭。然后刷碗。再然后写作业。

次日，放学。阿成刚进家门，四哥就把阿成揪起来，狠扇了两记耳光，并怒吼道：

“谁叫方雨霏？”

母亲过来：“白眼儿狼，你干什么!?”

“白眼儿狼”摔门，走了。

阿成捂着辣辣的肉脸，知道又见血了。

修院子

○刘成章

忙了好长时间，儿子终于在洛杉矶买下了新房，并且搬进去了。但是事情并没有结束，因为既有前院，又有后院，前院后院现在都还处于土石裸露的荒蛮状态，必须使之升起现代文明的灿烂朝霞。

灿烂朝霞如何升呢？前院主要是给公众看的，也影响着整个小区的房子的价值，牵涉着全小区居民的重大利益，搞得马马虎虎是一种缺德行为，所以草坪、花坛、短墙、曲径，等等，不能不搞好；后院是供自己独享的，那才应是投资的重点，举凡花草、凉亭、喷泉、游泳池、烤肉台，等等，自然是质高为佳。儿子和儿媳咬咬牙，说："马上请人设计吧，豁出这半年的工资了！"

我和老伴儿忙起来了，翻报纸，查广告，打电话联系，陪庭院商估价。儿子和儿媳也忙起来了，每逢周末，根据我们联系的线索，把全家放在汽车轮子之上，广为参观、比较。然而忙了一气之后，却发现仅仅在华人圈子里绕来绕去是不行的，华人的价钱是便宜好多，但质量不行，于是又找洋人公司。我不会英语，老伴儿刚开始学，这一下，全部担子只能由儿子和儿媳挑了。儿子的主要精力用以科研，向来把时间看得十分珍贵，经常有人高酬请他出去讲课，他都一一婉拒。现在他只能一边唉声叹气，一边给洋人公司打电话了。

终有一日，蓝图设计出来了，小区管理处也把图纸批下来了，承建的公司也联系好了。我们都高兴地说："真不容易，赶紧开工吧！"可是儿子却忽有所悟，说道：“哎呀，差点儿疏忽了，还有一件大事呢!”我问：“什么大事?”他说：“写一个请批报告。”我问：“给哪里写?”谁能想到，儿子回答的竟是：“写给左右两边邻居。”

我早已知道，“不影响他人”，是美国的一条生活准则。比如，我曾在遛狗的路上高声谈论，儿子马上提醒我要小声些；比如，儿子听音乐的时候，还要走出门去听一听，看声音会不会传到外边；比如，住公寓房的人，绝不能养狗，等等。然而，我怎么也想不到，修自己的院子竟还要经邻居批准，这使我的心里大为震动。

儿子拿了报告先去找左边的邻居，左边的邻居是一户老美，老美表示同意，签了字，并且非常友好地与儿子聊了一会儿。后来找右边的邻居，那是一户意大利人，不巧，门锁着，他们一家旅游去了。

等了几天还不见回来，我们和承建公司都着急了。晚修几天本来是没什么关系的，问题在于，雨季快到了，雨季来到就不能施工了。

一天儿子与另一邻人攀谈，从而得知，那一户意大利人很不好说话。因此我们都有些忐忑了。

待到意大利邻居回来，他拿着报告和他的妻子研究了半天，还好，并没有提出什么大的问题。他只是说：“你们的烤肉台离我家太近，请你们往远处移一移，若要烤肉，务必要事先通告我们。另外你们院墙边栽的几棵树，树叶是紫的颜色，会使我家院子的色调显得不谐调，也请改种别的。”对于他的大部分意见，儿子表示会非常高兴地加以执行，唯一觉得烤肉要预先通告的问题，恐怕很难办到，于是说：“你们以前经常烤肉，也从来没有通告过我们。”经过好一阵子商谈，邻居总算在这个问题上勉强作了让步，仅把余下的意见写在报告的空白处，然后像从此便断了他的美好前程似的，很不乐意地签了名。

这一关通过得还算顺利，我们都为之庆幸。只是，因为要改图纸，我们又要请小区管理处再批了。

嘴唇有点麻

○大　唐

近几个月来，公司生意上了规模，应酬也就更多了。天天喝酒应酬加超负荷的工作，我感到很累，却总抽不出时间调整轻松一下。前几天，上嘴唇开始发麻，起初我并没当回事，可朋友说这可是“危险三角区”啊，弄不好，落个嘴歪眼斜的毛病可不是玩儿的。我想到了关系不错的王明，他是本市某医院五官科专家级的名医。我拨通他的手机，正巧他当班，我忙赶到医院。

听完我的情况，王明扶了扶眼镜，很关切地说：“老兄，人到五十病满身，更何况你这些年忙生意，一直没时间锻炼。现在生意顺手了，正是享受的时候，身体可马虎不得。既来之，则安之，今天你就听我的，好好查查。这样，你先拍个 CT 片再说。”说得有理，我拍了 CT 片，又赶紧回到了公司。

第二天我正开着会，王明打来电话，告诉我 CT 片出来了，没问题，让我马上到医院一趟。我对王明说：“没问题就好。我有事，改天再去吧。”王明却在电话里严肃地对我说：“老兄，你真是要钱不要命了。‘危险三角区’你也敢儿戏?”想想也是，我赶紧交代完事情，又来到医院。

王明建议我抽血化验，看是不是病变引起的。摸着仍然麻得不知痛滋味的嘴唇，我无奈地点点头。交钱抽血等化验结果，忽然想起我的包还在王明那儿，便来到他的科室，只见十多人排着队正等着王明给“望闻问切”。真不愧是“名医专家”！王明看病很快，总是边问边写边看，不待病人说完，王明的处方已递过去：“去交钱，下一个！”不再听病人说什么。看着其中两个病人欲言又止地露出疑惑和略带不满的神情，我很有些同情：还是熟人好办事啊。

化验结果出来了：没问题。我拿给王明看。科室里已没了病人，只见一个同样穿白大褂的医生背对着门口对王明说：“总共6个CT，300元，多介绍几个啊。”他送完钱转身与我闹了个脸对脸，我忙闪向一边，一看是昨天拍CT的医生，便笑了笑。那个医生已不认得我，恼怒地说：“你是干啥的？啥时候进来的？”我刚想解释，只见王明快速地把钱装进口袋，站起身把那个医生送出门外，回来后不自然地笑笑接过化验单好一会儿才说：“本来还有几项要检查的，你的时间紧就不查了。我先给你少开点药，你吃3天后看看再说。”

道过谢，我拿着处方划完价一看，吓了一跳：987. 3元！看病就别心疼钱，拿药吧。交款时被告知我这张卡这里不能刷。我打消了请王明吃饭的念头，直接回了家。

到家停好车，见我不停地揉嘴唇，保安小秦问我怎么了。我边走边说：“没事儿，就是有点麻。”哪知小秦却让我先等会儿，就跑向了保安室。我正猜想是咋回事，见小秦身后跟了个60多岁的老头儿。小秦介绍说：“唐老板，这是我爸，退休前在我们乡医院干了40年，让我爸给你看看吧。”没等我搭话，老人已熟练地把大拇指压在了我的上唇上，并问：“麻，不痛？”我虽有些不高兴，但想到他是好意，还是礼貌地点点头。“喝酒，熬夜？”见我又点头，老人笑笑：“你别担心，没啥大事，是累的，血气不畅。你用温水每天洗几遍，多用手揉揉就没事了。”“就这么简单？”我不甘心地问。“不相信？”老人笑笑，“其实你这根本不算病。当然，在这个地方可大意不得。你按我说的做，保证你3天就好。”老人十分自信地说。

果不其然，按老人说的法子，到第二天晚上，我的上嘴唇不麻了。不花一文钱，好了。

我拎着两条烟到保安室酬谢小秦的父亲。小秦告诉我，他爸已回乡下老家了。接着小秦又笑着说：“唐老板，我爸说你一定会到医院重新看一次，不相信他这个乡下的医生，嗬，我爸猜错了。”“我相信你爸，你看，我不是来谢他了吗?”

有一点我没告诉小秦，昨天王明给我打电话问我咋没拿药吃。我告诉了他老人的法子。王明连说：“老兄啊，你这是胡闹，随便一个人说的你也相信？你连我也不相信了?”当他听我说老人也干了40年的医生后，便挂了电话。

白脸的包公

〇庄　学

唐军是我们这批战友中最有出息的，官至副军。就他那驴脾气能熬到这个地步，出人意料呀。我们打趣他是修成正果的和尚。

我们炮团里有句话：白脸的包公，黑脸的秀才，黄脸的就数他麻缠。这白、黑、黄指的是三个连长，统称“炮团三杰”。而白脸包公说的就是唐军。

唐军的驴脾气或者说二球性格是连团长都有点怯的。那是唐军当了三年连长的时候，连队杀猪。放出的猪血还未凝固，副团长就派警卫员从连队的伙房提溜走了两只猪耳朵和四只猪蹄，这要搁到别的连队，连队领导怕要幸福好几天哩。唐军知道后，派人从大操场上把这猪耳朵和猪蹄截了回来。这事在团里上上下下闹出了大动静，沸沸扬扬的。当下副连长很尴尬，和指导员商量着要去副团长那里说明一下。唐军说：球！副团长连个猪耳朵也买不起？从兵们口中夺食呢！

这事刚好叫下部队检查工作的军副政委听说了，副政委说：呵呵，这个小唐，蛮有性格的嘛。

副政委随便说说的话不是指示，但通过某些嘴传了下来，比指示还指示呢。唐军本人也被罩上了一层神秘。但是有精明人士分析：唐军的军事生涯恐怕快要画上句号了。细想想，这话也不是没有几分道理。

不管你唐军如何神秘，有这样的一个刺头连长在下面放着，不说副团长不安，就是团长政委也怕哪一天有人把团里不该捅的事情捅到了上面。谁的身上没有点毛病呢？正在这时，上面分配下来一个到炮兵指挥学院上学的指标。团里一致通过，这个指标给了唐军。

唐军高高兴兴去深造了三年，还拿了个本科文凭哩。

也该唐军好命，三年学习回来正赶上了重文凭的风。三年前的那个副政委也升任了军政委。在一次偶然的查看名单时，依稀记起了“蛮有性格”的唐军。唐军回到炮团，不仅有了位置，还直接坐在了参谋长的位置上。

唐军下了狠劲想使军事训练上个台阶。唐军就组织了营、连、排三级射击指挥员的培训班，每日的训练和考核进度名次标在一块大型版块上，还将前三名和后三名分别用了红色和蓝色突出标注。这版块就放在了人来人往的大操场边上。这一下就有了人人争先恐后的味道。但是个别文化水平低的连长就吃力了，其中就有一个叫李来群的连长。李来群当连长军事技术逊了点，他看自己的名字每天都在蓝色阵营里挂帅，吃不住了，就去找团长。团长在观看培训班的训练时委婉地建议唐军，在严格训练管理的同时，考虑人性化的因素。

唐军一听就明白了咋回事，顿时又想发驴脾气，但转念一想就忍住了。但是在一次团训练分析会上，唐军说：那个李来群和张为东挺适合去做后勤工作。当军事指挥员，不称职！当下团长心里就有些“那个”。当然，李来群后来还是去了团后勤处当了个军需助理员，并且干得如鱼得水。这是后话。

这样的副手虽然用着棘手，但是训练抓得还不错。唐军不知是不是真的对团长的心思浑然不觉，反正一门心思用在了部队的训练上，接二连三地又搞了各个专业分队的集训，下的手段也狠，一时全团上下说“唐”色变。在下半年的全军区的大比武中，炮团竟然破天荒地夺得连射击的第一名和个人名次的前两名以及全部名次的三分之一。这一下炮团名声大震，唐军名声大震。所以团长给上级领导建议说，唐军应该到更能发挥其才干的地方，不能耽误了个人前途。

军政委自信没有看错唐军这个人，就把唐军调任炮兵师参谋长。应该说，唐军在仕途上迈出坚实的一步，就是在炮兵师参谋长的位置上的。

唐军在师一级班子里是最年轻的，师长在军事院校学习，政委在任上也有六七年了。唐军就时常提醒自己，注意收敛自己的驴脾气。

有一年的夏秋之际，驻地遭受了百年不遇的大洪水。政委身体不好，却要去一线。唐军耍起了驴脾气，坚持让政委在后面坐镇负责全面的指挥协调，自己年轻，应当上一线。这样，唐军就把自己的一线指挥所设立在了大堤上。

那一个多月，唐军率领部队在大堤上摸爬滚打，与洪水展开了殊死的搏斗。闲暇时，唐军常常披件雨衣，愣愣地望着浑浊的滔滔东去的江水出神，仿佛在看作战沙盘，但那神情又好像在反思自己走过的一生。

这时，从大堤的那面走过来一大群人，中间一位首长与大校衔的唐军握了握手。旁边有人介绍，这是把指挥所扎到大堤上的唯一的师职指挥员。首长把唐军的手握得更紧了，并亲切地给唐军说了几句什么话。

没有几天，军报就登出了首长与唐军握手的大照片。

后来的唐军一路春风，官至副军。听说当时的师政委想到自己在这个位置上坐了这么多年，一次机遇就这样擦肩而过，不由喟叹：时也，运也。

如今的唐军脾性和蔼多了，基层的士兵说：首长白净净的脸，慈眉善目的，从不轻易对我们发脾气。

茶　圣

○饶建中

张老师的茶龄比自己的年龄只少12年。

那年，他刚上初中，偶尔看到一本杂志上说，喝茶叶能提神，使学习效率倍增。中午放学后便偷喝了父亲茶碗里的茶水，他第一次尝到了苦涩，也第一次异常兴奋。在下午的生物课考试中，他精力集中，思维敏捷，破天荒地在全班抢了个头名，自此便与茶叶结下了不解之缘。

考大学那天，他又使出了绝招，喝了一杯很浓很涩的茶，进考场后超水平发挥，结果金榜题名。他在报考志愿表上写下了唯一的志愿：省农学院生物系茶叶专业。他想大学毕业后潜心研究茶叶，人生没有比这更崇高、更富有乐趣的职业了。他终于如愿以偿，但遗憾的是我国大学史上从来没有茶叶学专业，只是生物系开设的《植物学》一书上有两章茶叶的种植知识。他不甘心，把那两章翻得破烂，内容简直可以倒背如流。他把大学的一半时间全用在钻图书馆寻找与茶叶有关的资料上。

最后一个学期，他至今都记不起为啥事同生物系主任吵得面红耳赤。他寸步不让，取得了痛痛快快的胜利。但毕业分配时系主任给了他小鞋穿，他被打发到一个县城中学教生物。他后悔那天不该喝茶太多，以致自己的逻辑思辨能力达到了登峰造极的程度，否则就不会使系主任在学生面前无地自容，自己就会以高才生的身份进省生物研究所专攻茶叶了。他好恨茶，恨那天的茶。

不过，到县中后他仍然喝茶，越喝越多，愈喝愈浓。那透明的玻璃茶杯三分之二是茶叶，他喝上两口便要加水，每隔五分钟就要喝一次，一天要冲换六次茶叶，办公室里每天供应的两瓶开水几乎被他一人独吞，弄得其他教师常常口干唇燥。好在知识分子爱面子，别人不言，张老师也有自知之明，他便每天上班从家里提一瓶开水到办公室。遇到上课，干脆把茶杯、水瓶连同讲义统统带进教室。

“文化大革命”一开始，张老师第一个被揪。上“革命的课”却带“资产阶级的茶水”进教室，甚至怀疑“共产党的开水有毒”而自带“资产阶级的水”进办公室，这是资产阶级向无产阶级挑战，是名副其实的资产阶级典型代表。张老师觉得荒唐，压根儿不承认，红卫兵便天天斗他，天天挨斗他仍坚贞不屈。不知是谁出了个馊主意：断掉张老师的茶水。这比要他的命还要命。他拗不过，第一次说了违心话。不过他向红卫兵提出了条件，给他先喝一杯很浓很浓的茶。

后来，张老师再也没提过开水瓶进办公室，连想都不敢想在课堂上喝茶了。他每次上课前都要先灌两大碗茶水，尽管喝得腹中胀痛，但总比没茶喝的煎熬要好受得多。中途抗不住，便给学生丢下几道练习题，趁学生抓耳挠腮之际溜进办公室喝上两碗，又立即回教室继续授课。年复一年，总算能对付过去。

“四人帮”倒台了，尊师重教的春风吹进了校园，各班争先开展“敬老师一杯茶”竞赛活动。每天学生恭恭敬敬为讲台上的张老师沏上一杯茶。他如鱼得水，好像此项活动是专冲自己来的。他不需再中途溜出教室，而是津津有味地讲上几句，便理直气壮地喝上两口，学生则忙不迭地加满茶杯。结果，张老师这个班一举夺得了竞赛活动优胜奖。

有天，张老师所在的办公室的门被撬，又唯独张老师的抽屉被撬，单单偷的又是他的茶叶，弄得张老师一上午坐立不安，向其他老师讨了好几次茶叶。

三年后，张老师突然收到一个陌生包裹单。他从邮局取回了一袋茶叶，袋里装着一封信：

张老师：

学生向您认罪来了，三年前是我偷了您抽屉里的茶叶，因为那天的前一天您批评了我生物考试不及格，我想报复。

高考名落孙山回乡后，为表示对您的忏悔，我承包了村里二十亩地，用您在课堂教的种茶知识，把它变成一片绿色茶林，每年收入上万元，这是您教诲的结晶。学生决定每月给您寄上一袋茶叶，请一定收下这颗流着泪的赤诚之心。

您的学生：钟查

自此，张老师喝茶再也没有买过茶叶了。

河边的行者

○郭　昕

有一段时间，我差不多天天都到离家不远的金水河边晨练。说是晨练，并不怎么名副其实，往往我出门的时候，马路上已涌起上班的车流、人流。

出门的时候，我是走。匆匆地走，往金水河边赶。等上了河堤，我就变成跑。慢慢地跑，轻松地跑。金水河两边的水泥路已被早起的清洁工人打扫过。在这么清静的早晨穿着一双弹性很好的运动鞋悠哉游哉，跑在这么清爽的路上，真是一件很让人惬意的事。河水很不清，可你不往下边瞅就是了。河边的柳枝却是绿得赏心悦目。我一边不紧不慢地跑着一边随心所欲地胡思乱想，几天跑下来，我就发现河边还有我的几个同道。

一个是小老头儿，60岁上下吧，干干瘦瘦的，老穿一条白不白灰不灰的灯笼裤，每天都站在那棵白杨树下，背朝金水河，做骑马蹲裆式，双手竖掌，“嗨嗨嗨!”一边喊着一边双臂轮番从腰间向那棵白杨推出。这小老头儿，个头儿不大底气倒挺足的，又喊又推，也不见他歇一会儿。我只觉得这对那棵白杨树太不公平了。离他不远有一个读外语的女孩也是在一棵白杨树下，有一条短短的青石凳，女孩在石凳上面河而坐，手里捧一本大书。我每次从她面前跑过，只听她在哇里哇啦读着，从不见她抬头，我只从侧面看到这是个皮肤很白的女孩，戴了一副粉塑料框的眼镜。还有一个遛狗的男人。这男人没有固定的线路和场所，他往往是由他那两只小宠物带着往前走，两个小家伙兴之所至，乐意在哪里停住嬉戏一会儿，他就在哪里站了看狗撒欢。这几位是经常碰到的，偶尔也有见不着的时候，那或许是我去晚了，或许那天他或她有什么事没来。唯有一位，只要我去河边是每次必见的。这是一位50多岁的女人，她每天都比我去得早，我走到河堤上时，往往可以看到她正在或近或远的某一处吃力地向前挪动，一根拐杖在手里，肩一边高一边低，一只脚重一只脚轻，拖拉，拖拉，慢慢地却是顽强地向前、向前。一看就知道是位脑血栓后遗症患者在做功能性恢复锻炼。我虽是慢跑，比走路快不了多少，却很快撵上并超过了她。超过她很远时，还能听到她手里拐杖捣在水泥路上的声音，“咚、咚、咚。”金水河在我们这段拦腰架了两座桥，两座桥相距差不多一公里，我上了河堤就逆时针沿着河边的马路和两座桥转。一圈又一圈。有时我和她一后一前都行在一条河堤上，有时我看到她在那座桥的北头而我正在这座桥的南头，我们之间正好拉成一条大对角线，有时我们会面朝同一个方向，隔河而行。她好像更随心所欲，有时逆时针方向行，有时顺时针方向行，常常有我超过她或和她碰面的时候，那拐杖单调却又执拗的“咚、咚、咚”就常响在我耳边。我注意到这位女士很爱换外衣，而且衣服的色彩往往比较艳、比较亮。每天早晨，走上河堤，只要老远的看见一团绿、一团黄或一团红在移动，我就知道她已经在走了。

那天早晨，当我又超过她时，忽然觉得有些异样，忍不住放慢脚步扭头看了一眼，没什么呀。再看一眼，咦，我发现她手中的拐杖没有了，她的身体往一边倾斜着，一只胳膊甩动幅度很大，大到可笑的地步，大概要借此维持一下失去拐杖后身体的平衡。她走得很吃力也很专注，全然没有注意到一个人在她前面频频回头注视她。我能看到她额上亮晶晶的汗珠，再注目看去，不由心里一动，我发现她化了妆。她脸上明显地打了粉底，描了眉，涂了唇膏，还淡淡地抹了层腮红。平心而论，她的妆化得不怎么高明。我平日不大欣赏女人在自己脸上涂涂抹抹，尤其不欣赏上了年纪的女人在自己脸上涂涂抹抹。我觉得女人到了一定的年龄，容貌已不具备太大的意义，应该靠自己内在的气质、学识、修养立身处世。可那一刻，面对这位化了妆、穿一件紫色呢外套的五十多岁的女性，我却在心里向她鞠躬致敬。

又是一年的春天，远远看到河边泛绿的柳条时我想起自己好久没有到河边去了。那个女人，那个化了妆穿亮色外衣的女人还在河边执著地向前走吗？

黑脸的秀才

○庄　学

伍方高中毕业那年，不想下乡，就去当了兵。

当了兵的伍方分到了炮团指挥排侦察班，这可是个出军官的专业呀。当然，入对了庙门，修行还得靠自己呀。就在别的新兵下工夫做点诸如打水扫地帮厨给老兵洗洗衣服的好事的时候，伍方就一眼看准了：部队是要准备打仗的，一切都得以过硬的军事技术来说话。于是，伍方在军事训练上下了死工夫，不久便在团的专业考核中脱颖而出。于是，伍方从副班长开始，历经六年，成为一连之长。

人们把伍方归入“炮团三杰”，与后来成为集团军首长的唐军齐名。一个“黑脸的秀才”的称呼从形到神把伍方这个人说得很明白了。伍方方方正正的脸的确黑，爹妈遗传，怨不得伍方。伍方常常自嘲：我这是黑得滋腻，黑得耐看。一句话把团长也逗笑了。

就这么一张脸，往队列前面一站，口令未出，哪个兵都得从心里面“扑通”两下，就不由自主地把卵子夹紧了。如果谁要认为伍方带兵光靠威严，那就是小瞧伍方了。伍方始终认为带兵是个心计活儿。

连队有一批安徽兵，在各自的班里属后进，牢骚多，很令班排长们头疼。伍方坐在营房后面的小山头上思忖几日，暗地里给自己在安徽某大学读书的小姨子打了一电话，如此这般地一交代，不久连队就收到了八位安徽女大学生寄来的八枚团徽，说是要献给安徽籍的“新一代最可爱的人”。

指导员把这八枚团徽别在红旗上，挂在了俱乐部，很隆重地当着全连的面把来信宣读了。

这批安徽兵看了团徽，听了女大学生炽热的语言，不由得热血沸腾起来。伍方似乎是随意地与他们闲聊，说有个机会你们想不想抓住？兵们急切地问：啥样的机会？集团军近期要组织炮兵分队比武，我把你们组成一个老乡班，如果能在军的比武中拿到好名次，除了给你们请功外，还每人一枚团徽，集体给女大学生回信汇报成绩。

有连长这么一说，几个安徽兵摩拳擦掌，嗷嗷叫起来，憋了一口气，非要露个脸不行。

老乡班下着劲儿如此鼓捣了几个月，果然杀入军的决赛，夺得了专业第一名。伍方隆重地兑现了自己许下的诺言。后来暑假期间，女大学生们来到连队，很是热闹了一番。这是后话，不提。

团里有人举报了“老乡班”的事，说这是违规的，团长便把伍方和指导员叫去好一通批，要伍方“把屁股上的臭屎擦干净”。伍方只是一个劲儿地点头，并不分辩。出来门，伍方仰天大笑，把个黑脸笑得灿烂若黑牡丹。指导员纳闷。伍方说：咱们给团里争了个大光哩，团长心里不定怎么乐呢。这些兵也成为班里的技术骨干，是不是个高兴事?!

伍方脸黑心细，但凡团里上自首长，下至机关的参谋干事，伍方都会采用不同的方法去联络感情。那些机关的参谋干事手底下没有兵，有时办点事也不容易，像家属来队整理内务什么的，伍方就主动派几个兵去出公差，叫炊事班提点油呀面的给送去。伍方对连队的日常管理也很上心。比如卫生检查，大面上的整洁清爽都差不多，能比出高低的就是那些旮旮旯旯，所以伍方特别注意门框上水池下的卫生，注意褥子下有没有压着臭袜子之类的东西。最使人称道的是，当检查人员来到了连队，几个精精干干的兵端了托盘笔直地站在了检查人员的身边，托盘里放的是白手套。检查人员戴上手套到处乱摸一气，末了，手套还是白净净的。

后来，在唐军调出炮团后，伍方也渐次升到了团长的位置上。当了团长的伍方忽然就明白现在的世界是需要和平的世界，战争只是局部的和偶然的。那么部队管理的关键是不死人不损坏武器装备。军事训练再好，有了人车的伤亡，一年的先进也就瞎了。伍方笃信：训练必须以安全为前提。

伍方还是那个喜欢争第一的脾性。上级后勤部门来检查后勤生产，有的营连就从农村借了猪放到连队的猪圈里，一时猪圈里猪头攒动哼哼唧唧，很是热闹。伍方默然。军区组织比武，伍方下了劲儿抽调军事训练尖子集中到参赛连队，还想法弄出了比武的内部方案，最终夺得了好成绩。后又被人举报到军区，遭到了军区通报批评。血性的伍方知道是本团“背后打黑枪”的人举报的，就独自跑到小山头上想心思。如此想了几日后，伍方也就没有了追查的心思。

伍方转业临离开部队之前，去拜见了昔日同僚、今日首长的唐军。在酒桌上，脾气已经很温和了的唐军端着酒杯说：就像这喝酒一样，歪点子小则宜人，大则误国。还是实打实的好！伍方听了，也不分辩什么，仍然是连连点头。

唐军送伍方出门，出了门伍方就哈哈大笑使黑牡丹又绽放起来。唐军以问询的眼光看着伍方，伍方文绉绉地说：时也，运也！

听说伍方如今在地方政府干得如鱼得水，黑牡丹常常绽放哩。

将军被

〇刘建超

屋内的空气沉闷压抑，劣质烟的焦油味在沉闷中肆虐。大缕大缕的烟雾从韦德老汉没了门齿的口中喷出，模糊了老汉一脸遒劲沧桑。

“不管咋说，娃的事，你得管。”韦德老汉借着点烟的当口儿迸出一句，又大口大口地吐烟雾。

将军背着手，一动不动地望着窗外，攥着拳的手在微微地颤抖。

“娃做到现今不易啊，50来年我没求过你啥。今天我豁出老脸，求你，给娃说说话。啊?”韦德老汉把一个包袱卷塞到将军夫人的手上。

将军夫人轻轻地解开包袱，里面裹着的是半条破旧的棉被。夫人泪水盈盈，望着鬓发斑白的将军，哽咽着：“你就给打打招呼，疏通……”将军扭过头，目光剑一般扫来，斩断了夫人的话头。

将军缓缓接过夫人手中的半条被子，示意夫人打开皮箱，皮箱里也放着半条破旧的棉被。将军和夫人颤抖着手，把两个半条的被子慢慢地合在一起。将军夫人终于忍不住，趴在被子上放声痛哭。

远久的岁月瞬间被拉近了。1942年华东华北遭遇旱灾，日本鬼子加紧对抗日根据地进行疯狂的“扫荡”，对老百姓实行惨无人道的“三光”政策。当时任八路军某部政委的将军奉命撤退转移，将军的妻子已怀有八个多月的身孕。在太行山脚下一个被日军“清洗”过的小山庄里，将军的妻子早产了，呱呱坠地的是个男娃。房东也是一对新婚不久的青年夫妇，男的叫韦德。房子四面透风，家里粮缸空空，韦德媳妇儿用仅剩下的面打了碗糊糊端给将军的妻子。将军握着韦德的手说：“老哥，我们要追赶部队，娃，就交给你了。等打跑了日本鬼子，我再来接他。”韦德说：“放心吧，只要有我们两口在，就不会叫娃受委屈。”将军环顾了屋子四周，土炕上铺着稻草，粗布单子上放着草帘子。将军捧着草帘子：“你们就盖这草帘子？”韦德骂道：“都被狗日的鬼子抢走烧光了。”将军拿起妻子身上盖的被子，找来剪刀把被子从中间截成两段。将军把半条被子塞到韦德的手上：“留给你，挡挡风寒。”韦德不收：“大姐刚产了娃，不行。”将军说：“咱是老百姓的队伍，就是有一条被子也要分一半给老百姓。”韦德望着远去的将军夫妇，对媳妇儿说：“带好娃。咱老百姓有这样的队伍，好日子就有盼头！”

打败了日本鬼子，将军夫妇又随军南下，全国解放了将军夫妇才又回到太行山脚下的小山庄。韦德把虎头虎脑的娃带到将军面前。将军问：“大嫂呢？”韦德两眼含泪：“你们走的第二年春上，小鬼子又来轰炸。娃他妈就把娃紧紧地裹在身下，自己被炸死了。”将军握着韦德的手动情地说：“老哥，娃就留在你身边了，让他念书，将来为咱老百姓做事情。”将军夫妇回到京城，时常寄些钱物给韦德，都被韦德给退回去了。韦德说：“娃，我能带好。”韦德每天都陪着娃到20里外的镇上读小学，娃晌午的干粮总在韦德的胸口上暖着。娃的学习成绩好，考上县里的中学，又考上省城里的大学。娃大学毕业分配到县政府工作，没几年就当上了县长。娃办事果断利落，40岁出头就到省城当了厅级干部。娃的应酬多了，回家的日子越来越少了。娃的媳妇儿女儿都去了国外定居，还是去的小日本，韦德气得大病一场。就在传言娃要当选副省长的时候，娃的事犯了，娃贪了国家的几百万财产，还包养了好几个情妇。韦德老汉傻眼了，怎么会呢，怎么会呢。

“娃到今天，不易啊。你得给娃说说话。”韦德老汉喷着烟还是那句话。

将军蹲在韦德老汉的跟前："老哥。娃出这样的事，我和你一样心焦难受啊。可他犯的是国法，国法难容啊。老哥，你想想，当年咱们流血牺牲吃苦受累是为了啥？不就是为了咱老百姓能过上好日子。娃做了对不起国家对不起百姓的事，咱有脸去说情？"

韦德老汉深深地垂下头。整夜，大家都没合眼。

天刚亮，韦德老汉要走，跟将军要那半条被子。将军夫人已将两条半截被子细细地缝合在一起了。

将军把被子递给身旁的年轻后生："韦德老哥，这是我的大孙子，大学毕业了。我送他去咱家乡老区工作，让他孝敬你，给你养老送终。要让咱娃娃们记住，当年咱共产党打天下，有一条被子也要分半条给老百姓；如今咱共产党坐天下，啥时候都不能忘了要和老百姓盖一条被子！"

两双老手紧紧攥在一起，滴在手上的是滚烫滚烫的热泪。